明清小品丛刊

[清] 余怀 著

李金堂 校注

板橋雜記

（外一种）

三吳游览志

上海古籍出版社

图书在版编目（CIP）数据

板桥杂记：外一种／（清）余怀著；李金堂校注. —
上海：上海古籍出版社，2000.12（2025.6重印）
（明清小品丛刊）
ISBN 978－7－5325－2833－2

Ⅰ. 板… Ⅱ. ①余… ②李… Ⅲ. ①小品文—作品集—
中国—清代 Ⅳ. I264.9

中国版本图书馆 CIP 数据核字（2000）第 58357 号

明清小品丛刊

板桥杂记（外一种）

[清]余 怀 著

李金堂 校注

上海古籍出版社出版发行

（上海市闵行区号景路 159 弄 1-5 号 A 座 5F 邮政编码 201101）

（1）网址：www.guji.com.cn
（2）E—mail：guji1@guji.com.cn
（3）易文网网址：www.ewen.co

苏州市越洋印刷有限公司印刷

开本 850×1156 1/32 印张 5 插页 4 字数 106,000
2000 年 12 月第 1 版 2025 年 6 月第 15 次印刷
印数：40,701 — 41,800
ISBN 978－7－5325－2833－2

I · 1425 定价：18.00 元

出 版 说 明

　　中国古典散文,自先秦发源,中经汉魏六朝、唐宋,发展到明清,已经进入了其终结期。这一时期,尤其是晚明阶段,伴随着时代社会的发展,文坛也出现了新的变化。这一时期的散文园地,虽然没有再出现过像先秦诸子、唐宋八家那样的天才巨子,但也是作者众多、名家辈出;虽然没有再出现过《庄子》、《韩非子》一类以思理见胜的议论文,《左传》、《史记》一类以叙述见长的史传文,以及韩柳欧苏散文一类文质兼胜的作品,但也有新的开拓和发展,散文的题材更加丰富,形式更加自由,从对政治、历史和社会现实的关注,更多地转向对人生处世、生活情趣的关注,从而形成了又一个以文体为特征命名的发展时期,这就是文学史上习称的明清小品文。

　　小品的名称并不自明清始。"小品"一词,来自佛学,本指佛经的节本。《世说新语·文学》:"殷中军(浩)读小品,下二百签,皆是精微。"刘孝标注云:"释氏《辨空》,经有详者焉,有略者焉;详者为大品,略者为小品。"可见,"小品"本来是就"大品"相对而言,是篇幅上的区分,而不是题材或体裁的区分。小品一词,后来运用到文学领域,同样也没有严格的明确的定义,凡是短篇杂记一类文章,均可称之为小品。题材的包容和体裁的自由,可以说是小品文的主要特点。准确地说,"小品"是一种"文类",可以包括许多具体的文体。事实上,在明人的小品文集中,许多文体,如尺牍、游记、日记、序跋,乃至骈文、辞赋、小说等几乎所有的文体,都可以成为"小品"。明人王思任的《谑庵文饭小品》,就包括了几乎所有的散文、韵文的文体。尽管如此,从阅读和研究的习惯来说,小品文还是有比较宽泛的界定,通常所称的小品文,主要还是就文体而言,指篇幅短小、文辞简约、情趣盎然、韵味隽永的散文作品。

小品文作为一种文体的兴盛,在明清时期,主要在晚明阶段。而小品文的渊源,则仍可追溯到先秦时期。《论语》、《孟子》、《庄子》等书中一些精采的短章片断,可以看作是后世小品文的滥觞。六朝文人的一些书信、笔记之类,如《世说新语》中所记的人物言行,"简约玄淡,真致不穷"(胡应麟《少室山房类稿·读〈世说新语〉》),更是绝佳的小品之作。唐代小品文又有长足发展。柳宗元的"永州八记",堪称山水小品中的精品。晚唐时期,陆龟蒙、皮日休、罗隐等人的小品文,刺时讽世,尖锐深刻,在衰世的文坛上独树一帜,"正是一塌糊涂的泥塘里的光彩和锋芒"(鲁迅《小品文的危机》)。宋代文化得到空前的发展,出现了不少百科全书式的文化巨人,而其中代表宋代文化最高成就的苏轼,就是一位小品文的巨匠。苏轼自由不羁的性格,多方面的文化素养,使小品文这种文体在他手中运用自如,创作出大量清新俊逸之作,书画题跋这一体裁更是达到了极致。以致明人把他推为小品文的正宗,编有《苏长公小品》。宋代兴起的大量笔记,不少具有很高的文学价值,也为小品文的兴盛起了推波助澜的作用。

　　把小品文作为一种文体加以定名,并有大量作家以主要精力创作小品文,从而使小品文创作趋于繁荣,还得到晚明阶段。这一阶段,不仅有不少作家把自己的著作径以"小品"命名,如朱国祯的《涌幢小品》、陈继儒的《晚香堂小品》、王思任的《谑庵文饭小品》等;还出现了不少以"小品"为名的选本,如王纳谏编《苏长公小品》、华淑编《闲情小品》、陈天定编《古今小品》、陆云龙编《皇明十六家小品》等。而作为小品文达到鼎盛阶段标志的,还得推当时出现的许多具有很高文学成就的小品文作家,如以袁宗道、袁宏道、袁中道"三袁"和江盈科为代表的"公安派"作家,钟惺、谭元春为代表的"竟陵派"作家,以及同时或稍后的屠隆、汤显祖、张大复、陈继儒、李日华、吴从先、刘侗、张岱等,均有小品文著述传世。晚明小品文的主要特点在于独抒性灵,不拘格套,在艺术上极富创造性。晚明小品虽然在思想内涵和历史深度方面,无法与先秦两汉散文、唐宋散文等相比;但在反映时代思潮、探寻人生真谛方面,同样达到了时代的高度。

　　晚明小品文的兴盛,是与当时的社会现实、社会风尚和思潮的影响分不开的。晚明个性解放的思潮、市民意识的增强,是晚明小品文兴盛的重要原因。明亡之后,天翻地覆的巨变使社会思潮产生了新的变化,晚明的社会思潮和文学风尚得到了新的审视;同时,随着清王朝专制统治的加强和正统文学思潮的冲击,小品文的创作也趋于衰微。但仍有一部分作家仍然继承了晚明文学的传统,创作出既有晚明文学精神又具时代特色的小品文,如李渔的《闲情偶寄》、张潮的《幽梦影》、余怀的《板桥杂记》、冒襄的《影梅庵忆语》、沈复的《浮生六记》等,或以其潇洒的情趣,或以其真挚的情怀,为后人所激赏。

　　明清小品文不仅是中国古典散文终结期时的遗响,而且也是古典散文向现代散文转换中的重要一环,对后世产生了重要影响。"五四"新文学运动的不少散文作家都喜爱晚明小品,周作人在《中国新文学的源流》一书中甚至认为晚明文学运动与"五四"新文学运动有些相似之处。20世纪30年代的中国文坛上,更曾掀起过一阵晚明小品的热潮。以林语堂为代表的作家大力提倡小品与幽默,强调自我,主张闲适,甚至认为"中国现代文学唯一之成功,小品文之成功也"(林语堂《人间世》发刊词)。在当时内忧外患的形势下,林语堂等人的观点无疑是不合时宜的,因而理所当然地受到了鲁迅先生的批评。但鲁迅先生对小品文本身以及晚明文学的代表袁宏道等并不持否定态度,而是认为"小品文大约在将来也可以存在于文坛,只是以'闲适'为主,却稍不够"(《一思而得》)。鲁迅先生是把战斗的小品比作"匕首"与"投枪",他晚年以主要精力创作杂文,正是重视小品文作用的表现。进入90年代以后,随着思想的解放和物质生活的改善,文坛上又出现了一阵小品随笔热,明清小品的价值在尘封半个世纪之后重又为人们所发现,并开始得到实事求是的评估。为了使广大读者对明清小品有比较全面的认识,给广大读者提供较好的阅读文本,我们特出版了这套《明清小品丛刊》。

　　本丛刊精选明清具有较大影响和具有较高欣赏价值的小品文集。入选本丛刊者,系历史上曾单独成集者,不收今人选本。入选的小品文集一般根据通行本加以校勘,所据版本均在前言中予以注明。一般不出校记,重要异文则在注中注明。由于明清小品文作者多率性而作,又多引用前人诗文及典故,所论又多切合当时社会风尚,为给读者阅读提供参考和帮助,特对入选的小品文予以简注,对文中出现的人名、地名、典故、术语加以简明的注释,语词一般不注。明清小品文集的校注工作是一项尝试,疏误之处当在所不免,殷切地期待着读者的批评与指正。

上海古籍出版社

前　言

一

　　《板桥杂记》与《三吴游览志》的作者余怀(1616—1696)，字澹心，一字无怀，号曼翁，一号广霞，又号壶山外史、寒铁道人，晚年自号鬘持老人。原籍福建莆田，长期寓居南京。因此，常自称江宁余怀、白下余怀。

　　余怀生于明万历四十四年丙辰(1616)七月十四日。清康熙三十五年丙子(1696)六月二十日(荷花诞日)去世。享年八十一岁。尤侗(悔庵)《挽余曼翁八绝句》之二云："老来健在正堪夸，序齿居然先子牙。何意道场终九九，并非太岁在龙蛇。"(《艮斋倦稿》卷九)

　　余怀生活的时代，正是明末清初社会大动荡的时期。他的一生，经历十分曲折。以清顺治二年乙酉(1645)清军占领南京、南明福王弘光政权灭亡为界，可分为两个阶段：

　　第一阶段：1616—1645，即余怀三十岁前。他熟读经史，学识渊博，有匡世之志，文名震南都。南京国子监(南雍)，规模巨大。为参与南都乡试,东南数省学子,常聚学于此。余怀亦曾游学南雍。而与试名列榜首者,多为余怀、湖广杜濬(于皇)、江宁白梦鼐(仲调),人称"余杜白"(金陵俗称染色名"鱼肚白"之谐音)。当时,官南京国子监司业的吴伟业(骏公),十分欣赏这位才情俊逸的文学少年,写了一阕《满江红·赠南中余澹心》:"绿草郊原,此少俊、风流如画。尽行乐、溪山佳处,舞亭歌榭。石子冈头闻奏伎,瓦官阁外看盘马。问后生、领袖复谁人,如卿者? 鸡笼馆,青溪社,西园饮,东堂射。捉松枝麈尾,做些声价。赌墅好寻王武子,论书不减萧思话。听清谈、亹亹逼人来,从天下。"(《梅村诗集·诗余》)

崇祯十三年庚辰(1640)、十四年辛巳(1641),由于他才名远播,备受称道,被曾任明南京兵部尚书的范景文(质公)邀入幕府,负责接待四方宾客并掌管文书,如唐代牛僧孺之于杜牧。这时,他二十五、六岁。余怀以布衣入范幕,既表明范对他才干的赏识,也表明余怀与范同有济世之志,而非普通文士可比。

崇祯十五年壬午(1642),复社在苏州虎丘召开大会。大会由郑元勋(超宗)、李雯(舒章)主盟。龚鼎孳、方以智、冒襄、杜濬、邓汉仪等复社名流均与会。余怀也参加了虎丘之会。(《社事始末》)

崇祯十七年甲申(1644)三月,李自成率领农民军攻占北京,明朝灭亡。五月,福王朱由崧继位南京,建元弘光。马士英把持朝政,引用阉党阮大铖,排斥忠良,煽构党祸,大肆迫害东林与复社人士。南京成了党争的中心。余怀积极参加了反对马、阮的斗争。后来,他回忆说:"余时年少气盛,顾盼自雄,与诸名士厉东汉之气节,掞六朝之才藻,操持清议,矫激抗俗。

布衣之权重于卿相。"他又说:甲、乙之际,"阉儿得志,修怨报仇,目余辈为党魁,必尽杀乃止。余以营救周(镳)、雷(縯祚)两公,几不免虎口。"(《同人集》卷二)

余怀辞世以后,尤侗挽诗有云:"赢得人呼余杜白,夜台同看《党人碑》。"前一句写文采,后一句写气节,可为他前半生的写照。顺治二年乙酉(1645)五月,清军占领南京,弘光小朝廷灭亡。余怀的生活经历发生了重大的变化。

第二阶段:1645—1696,余怀三十岁直至去世。清军占领南京,余怀因而破产丧家。随之而来的,是满族统治者以血腥屠杀为手段强制推行剃发与更换服制的种族文化专制政策。抵抗没有力量,投降无法接受,唯一的出路,就是以道装为掩饰,流亡他乡。长时期的颠沛流离,是他这时期生活的主要特点。从顺治年间直到康熙初年,他经常奔走于南京、苏州、嘉兴一带,以游览为名,联络志同道合者,进行抗清复明的活动。留存至今这时期余澹心的诗歌,在宣泄丧家失国的悲痛、表述抗争复国的壮志,以及流露期盼胜利的心情等方面,均有大量的篇章。

顺治十六年己亥(1659),郑成功在南京城下严重受挫,转而经营台湾;十八年辛丑(1661),明永历帝被吴三桂擒获,次年被杀。与此同时,清政府制造了一系列大案,抗清势力几被摧残殆尽。余怀复明的希望终于破灭。

从康熙八年己酉(1669)起,余怀隐居吴门,以卖文为生。同时,精力集中于学术著作方面。他的老友尤侗写了一阕仿吴梅村的《满江红》,生动描绘了他的落魄凄苦之状:"满目凄凉汾水雁,半头霜雪燕台马。问何如变姓隐吴门,吹箫者?"(《百末词》卷四)他也承认:"颓然自放,憔悴行吟。风流文采,非复曩时。"(《同人集》卷二)然而,正如他的好友吴绮(园次)所说:"慷慨长怀吊古心,颠狂不改凌云气。"(《林蕙堂全集》卷十四)他忍受着心灵上的巨大苦痛,坚守明遗民的身份,拒不出仕,不与清政府合作。他的许多著作,都不书清朝年号。这种守身如玉的崇高气节,不忘故国的高尚情怀,十分难能可贵。他家乡的后学称颂他"高风亮节,可比顾亭林、黄梨洲、王船山诸公"(1936 年 8 月 11 日《莆田日报》余澹心先生逝世二百四十周年纪念特刊)。

余怀文采飞扬,学识渊博,著述等身。由于诸多原因,许多著作未能刊刻流传,终而散佚。现存的除《板桥杂记》与《三吴游览志》外,还有:《甲申集》七卷、《五湖游稿》三卷、《平原吟稿》一卷、《枫江酒船诗》一卷(残)、《七歌》一卷、《咏怀古迹》一卷、《戊申看花诗》一卷、《味外轩诗辑》一卷、《玉琴斋词》一卷、《秋雪词》一卷、《东山谈苑》八卷、《四莲华斋杂录》八卷、《余子说史》八卷、《砚林》一卷、《茶史补》一卷,以及《王翠翘传》、《妇人鞋袜考》、《宫闺小名后录》、《寄畅园闻歌记》,还有大批题辞、序跋、批语、尺牍,以及散见的诗词等等。余怀尝入范幕,却未任官职,也未举乡试,终生为一介布衣。但是,他以文章、气节而极有声于时。著名的"江左三大家"钱谦益、吴伟业、龚鼎孳都很称赞他的诗词,王士禛将他的《金陵怀古诗》与刘禹锡并称。以气节著称的姜垛、姜垓、叶襄、僧函可等人是他的知交,以诗文驰名的吴绮、陈维崧、曹溶、曹尔堪等人是他的好友,画家王翚、吴历,戏曲家尤侗、李渔也是他的挚友。《桃花扇》的作者孔尚任更是对他的"古道绝学"推崇备至,亟思见面订交。清朝初年诸多诗文集,都选录他的诗作,评价颇高。在他逝世三百周年时,笔者曾撰文指出:"余怀的崇高品德,他诗文的卓越成就,是我们民族优秀文化传统的一部分。"

二

余怀著述虽富,但流传广远而影响巨大的,当推《板桥杂记》。《板桥杂记》著成于康熙三十二年癸酉(1693),下距余怀辞世不到三年。可见这是他倾其心力而留给这个世界的最后一部重要著作。纵观自《杂记》问世以来的历史,从广受欢迎与不断被刊刻的情况看,它确是一部流传三百年而不衰的、有重要历史文化价值的著作。

《板桥杂记》记述了明朝末年南京十里秦淮南岸的长板桥一带旧院诸名妓的情况及有关各方面的见闻。据《同治上江两县志》卷四,在今南京市白鹭洲公园(明代叫东花园)的南面,明初设有留守后仓。为便利物资的运输,开挖了一条小运河,从仓前逶迤而北、而西,汇合左近诸水,经麦子桥,沿五块砖而入长塘。尔后,为便利行人,在塘边搭板成桥,即长板桥。著名的南京旧院,就座落在长板桥西,大致从东花园之西侧,一直延伸到武定桥边。旧院是明初设立的官营妓院,本名富乐院。它与十六楼都是朱元璋繁荣京师的重要设施。大致在正德南巡前后,十六楼逐渐衰废,但旧院却由于其优越的地理环境及与贡院隔河相望的位置,而日趋繁荣。天启、崇祯年间,旧院更呈现一种特殊的繁华。尽管当时明帝国风雨飘摇,各种矛盾迅速激化,社会极度动荡;然而权势之争的重心尽在北京,边患远在辽左,农民军多在陕、豫,南京城高濠深,防御坚固,且有大江作屏障。因此,东南太平无事,南都更趋繁华。

富豪权贵避难南京,以此为乐国;名流贤俊聚会陪都,视斯为乐土。东林遗孤,大会桃叶渡;复社名流,集游秦淮河。他们带着政治上失意的萧瑟心情,在这里寻求温柔的抚慰;他们把安邦定国的锦绣篇章,在这里换成耳鬓厮磨的浅斟低唱。著名诗人吴伟业在《江南好》中吟唱道:"江南好,狎客阿侬乔。赵鬼揶揄工调笑,郭尖傀巧善诙嘲,幡绰小儿曹。"(《梅村诗集·诗余》)在这里,每天都上演着节烈之士与美女仙姬的缠绵故事;在这里,到处都传诵着声讨魏阉余孽的浩然诗章。东林遗忠,复社名流,是旧院的贵客,青楼的佳宾。"胜国晚年,虽妇人女子亦知向往东林。"(《桃花扇传奇序》)而史料证明,明末清初享誉全国的诗人骚客,忠义节烈,几乎无一不去旧院寻访游宴。相反,声名恶劣的阉党权贵,腰缠万贯的伧父巨贾,则常常被远拒于楼门之外,思见一面都不可得。清人秦际唐(伯虞)《题余澹心板桥杂记》云:

> 笙歌画舫月沉沉,邂逅才子订赏音。
>
> 福慧几生修得到,家家夫婿是东林。

"家家夫婿是东林",最恰当不过地表述了明末旧院繁华的最重要、最富时代气息的特征。于是,处于社会最底层的青楼女子,这些婉娈倚门之少女,绸缪鼓瑟之小妇,一下子就与民族兴亡这一最重要的时代主题紧紧联结在一起。而在她们身上被压抑着的追求独立之精神,向往自由之思想,终于迸发了出来。这不能不令权贵侧目,宰辅欠身。因此,旧院美姬的不幸,昔日繁华的毁灭,也就不能不和国家、民族的悲剧命运紧密相联。这正是《板桥杂记》写作最主要的时代背景,也是该著的主题之所在。《杂记》之所以为广大学者与民众所啧啧称道,而成为一部传世杰作,原因就在于此。舍弃了这一点,便无法理解《板桥杂记》，无法理解它的作者余怀；舍弃了这一点，《杂记》也就沦为《北里志》一类的作品，不过是供人茶余酒后以助谈资，用以醒疲驱睡罢了。

《杂记》的内容十分丰富。简略说来，有以下三点。

第一，《板桥杂记》描述了明季南都的社会生活情况，展示了一幅浓墨重彩的金陵风情画。如《杂记》对名闻天下的南京秦淮灯船作了十分生动而具体的描述，对明末南都教坊梨园情况及有关习俗作了细致的介绍，对南都贵族官僚、公子王孙的奢侈腐朽作了深刻的揭露。

《杂记》对长板桥之环境、妓家衣着、居室、食物、用具、花木等诸多记叙，无一不涉及当时南都社会生活与民俗民情之各方面。尤应注意的是，《杂记》对明末南都诸多名士的订盟结社、诗文之宴，以及因政治失意、党争受挫而出入曲中，日相征逐，选花品妓，流连酒色等，有十分生动的记叙；对吹笛鸣箫，撽管挡弦，击节悲吟，声泪俱进而倾靡四座的诸艺人的活动，有非常细致的描述。所有这些，都是研究当时社会生活情况的极其宝贵的资料。谢国桢先生说：余澹心"撰《板桥杂记》，记南都北里旧院逸事，哀感顽艳，足知南都一时风俗……。明季南都社会情况，缕述无遗。"（《增订晚明史籍考》卷二十一）陈寅恪先生撰写《柳如是别传》时，只要稍有涉及，就征引《杂记》的记叙，以为有很高的史料价值，又"颇饶趣味"。（《柳如是别传》第一章、第四章）

第二，《板桥杂记》记叙了明末南都众多名妓的情况，称赞了她们的美丽、聪慧、有才学、有识见，热烈颂扬了她们中一些人通晓民族大义，有崇高的气节与献身精神。在作者笔下，这些柔弱女子虽不幸沦落教坊，隶属乐籍，身份低贱，但一个个年轻貌美,毫无轻浮、淫艳的味道。她们或工诗文,或擅丹青,或习器乐,或善歌舞,可谓聪颖过人。更可贵的是,她们重感情,轻钱物,侠肝义胆,爱憎分明。她们中有的人,如李香、葛嫩,能坚守民族大义,临危不惧,甚至牺牲生命也在所不惜。她们的民族气节,她们的献身精神,是那些拜倒在异族统治者脚下,剃发换装,叩首称臣的须眉所难以相比的。至于那些丧尽天良、为虎作伥者,那些以血腥屠杀本族同胞来换取顶带花翎、功名利禄者,在这些可敬可佩的女子面前,则连粪土都不如。《杂记》记叙了如此众多出身卑贱弱女子的优良品德与崇高气节,在中国古代史学与文学史上,完全称得上是一种首创。当然,她们中的绝大多数,命运是十分悲惨的,如葛嫩的玉碎,董白的早夭,寇湄的沉沦,李香的飘零……即使如顾眉,也背负着难以挣脱的传统习俗的巨大压力。然而,描述她们光彩夺目的群体形象,颂扬她们对命运的抗争精神,是我们民族文化优良传统的一部分。

第三,《板桥杂记》抒发了作者余怀对故国文化的无限情思,深刻揭示了明朝灭亡的社会背景,尖锐批判了清朝统治者的血腥暴行。在《杂记》中,作者毫不掩饰他的亡国之痛,"黍离"之悲。在追述昔日旧院诸多见闻中,他感情十分强烈,常常不能自已而慨然泣下。其孤怀遗恨,真可谓"中心藏之,何日忘之"。历史地看,如实地看,作者这种对往昔的怀念,是对故国的无限情思,是对过去长期生活的南都文化氛围的深深眷念,当然也是对清朝统治者野蛮疯狂屠杀的抗议,对用残酷暴力手段去摧折数千年汉民族文化习俗的抗议。余澹心对旧院在甲、乙之后的巨大变化,痛切陈词:"盛衰感慨,岂复有过此者乎!"他不同意以《杂记》为"狭邪之是述,艳冶之是传"的看法,明确指出:"此即一代之兴衰,千秋之感慨所系。"应该说,恪守民族大义,对民族文化遭受巨大破坏深怀无限悲痛,才是余澹心写作《板桥杂记》的根本原因。

《三吴游览志》作于清顺治七年庚寅(1650)。关于《三吴游览志》的内容,二十世纪二十年代,上海进步书局编辑出版该书之时,曾提要云:"怀放情丘壑,大有阮嗣宗登山临水、竟日忘归之概。是志随见辄记,感触兴怀,发为歌啸;视陆剑南之《入蜀记》有事无诗,差为胜之。所谓山水有灵,亦当惊知己于千古也。尺幅千里,此之谓矣。"

《三吴游览志》记叙余怀于该年四月初一从南京出发,途经句容、奔牛、无锡,到达苏州、松江、太仓一带进行游览,直至六月十九日,移舟陆墓为止。全篇有记游,有宴集,有咏诗,有论史,可谓随见辄记,有感即发,孤行一意,全由性情。因此,诗文错杂,颇多情趣,读来饶有兴味,也充分展现了余怀广博的才学与卓越的识见。

是时,江南一带的反清武装斗争已遭残酷镇压,吴易、陈子龙、夏完淳、黄毓祺等先后殉难,但抗清暗流仍然波涛汹涌。广大东南、西南地区大规模抗清武装斗争,由于金声桓、李成栋的失败,特别是何腾蛟、瞿式耜的英勇殉国而遭受严重挫折,而更大规模的抗清斗争高潮正在酝酿之中。值得注意的是,江南一带的士子们,又重新活跃起来,组织各种诗社,进行公开交往。如慎交社、同声社、惊隐社以及莲社、望社等。顺治七年春,吴伟业倡议,合慎交、同声诸社,于嘉兴南湖立十郡大社,集太仓、松江、昆山、苏州、嘉兴一带十郡之名士。与会者连舟数百艘,为入清以来规模之空前。(《吴梅村年谱》)吴伟业实际上已成为江南文坛的盟主,海内士子的领袖。余怀此次三吴之游,主要目的就在于推动吴以领袖身份,再次掀起江南地区反清斗争的热潮。尽管这一目的没有达到,但本书充分展现了余怀作为明遗民而进行反清活动的某些情况,以及当时江南文士互相交往和社会生活情状的某些方面。因此,《三吴游览志》既是作者游览三吴地区的记录,又是明末遗民对社会剧变感慨的真实记载。

三

《板桥杂记》从体裁上,属于"说"部,即小说家类;但是,《杂记》不是小说,其人物故事,以及相关情况,都是真实的,是余澹心的亲历亲闻,并经过长时间的搜集、整理才写成的。《杂记》反复说"聊记见闻,用编汗简","据余所见而编次之","以备金陵轶史"云云,并强调这是"实录",其意义就在于说明所记之真。

《板桥杂记》在写法上,用的是笔记小说之法,叙述生动,语言流畅,感情炽烈真挚,有极强的可读性。因而评述者大为推崇,称《杂记》"哀感顽艳,秦淮花月为之增色"(《晚晴簃诗汇》),连作《四库》提要的道学家们也称《杂记》"文章凄缛,足以导欲增悲"(《四库全书总目提要》卷一四四)。但是,余澹心是位博览群书的学者,其意在史,"虽以传芳,实为垂戒"。因此,在写法上,他更运用错综变化的史家笔法。如从总体上,以人物为中心,为经线,故而详记"丽品";而以事件为纬线,因而以"雅游"为背景,"轶事"为补充。从局部看,"丽品"中又以李十娘、李大娘、葛嫩、董白、顾眉等人为主,其他为次,或稍及。有详有略,层次分明,组织成一个群体。再如详记葛嫩壮烈之死,与详记王月品评活动之盛及悲惨的结局,对比而称:"月不及嫩矣!"表明作者更重气节而容貌次之。详记顾眉与龚鼎孳丁酉南京生辰之宴,以及婚后百计求嗣的情况,反映社会舆论与传统习俗的巨大压力,更表现他们的抗争。又如记顾眉事而提及童夫人,赞扬童而批评龚;记葛嫩事而引出孙临,热烈称颂孙的民族气节;记马娇事而带出杨文骢,既指出他与马士英"乡戚有连",引起民怨,又肯定他临难不屈,大节凛然……等等。在这些人物记叙的错综变化之中,贯穿了作者严格的褒贬笔法。史书之作,历来以人物为难。然而在《杂记》中,众名妓数十人,虽详略不一,人人皆写得各有个性,各有特色,生气勃勃,跃然纸上。即使是孙克咸的殉难,徐青君的代杖,张魁官的痴情,也十分生动传神。

钱谦益在《玉剑尊闻序》中指出:"真定梁慎可先生,规摹临川王(刘义庆)《世说》,撰《玉剑尊闻》一编。……临川善师(司马)迁、(班)固者也,变史家为说家,其法奇。慎可善师临川者也,寓史家于说家,其法正。世之君子,有志国史者,师慎可之意而善用之,无惮筑舍,无轻奏刀;子玄(刘知几)有汗青之期,而伯喈(蔡邕)无髡钳之叹,岂不幸哉!"(《牧斋有学集》卷十四)《板桥杂记》正如钱序所说,"寓史学于说家",从而兼有史、说之法,将史料之实、史笔之严,与记述之形象、语言之生动相结合。"其法正",善哉斯言!

《板桥杂记》流传甚广。然就版本而言,单行本极少,而以选入丛书流行之本甚多。最早的本子,当属张潮编辑的《昭代丛书》甲集第四帙(昭代本),康熙三十六年丁丑(1697)至四十二年癸未(1703)诒清堂刻本。该本现藏于上海图书馆。道光二十九年己酉(1849)刊行的《昭代丛书》(道光昭代本),列入别集,内容全同。清末之《拜鸳楼校刻四种》(拜鸳楼本)及用新式标点铅印的上海扫叶山房本、大达图书供应社本、大中书局印本、大东书局印本,以及江苏文艺出版社1987年刊本,大体皆沿用昭代本。康熙四十四年乙酉(1705),吴震方编辑《说铃》,其《后集》第六种收有《板桥杂记》(说铃本)。这也是一种较早流行的本子,而且影响颇大。尔后之《龙威秘书》(龙威本)、步云轩藏板之《合订板桥杂记》(步云轩本)、《艺苑捃华》(艺苑捃华本)、《艳史丛钞》(艳史本)、《金陵丛书》(金陵丛书本)以及《双梅暗阁丛书》(叶氏本)、《香艳丛书》(香艳丛书本)、《丛书集成初编》(丛书集成本)诸本,大体皆沿用说铃本。昭代本一卷,内分上、中、下,有张潮的《小引》与《跋》。说铃本将上、中、下标为三卷,内容相同,但有尤侗序而无张潮文字。看来,《杂记》从问世起,就按两条路线流传,形成大体相同而小有文字差异的两种版本系统。单行本所见有两种,一为光绪二十七年辛丑(1901),傅春官刊刻金陵丛书之单行本,另一是宣统元年己酉(1909)拜鸳楼本之石印单行本。手抄本有两种,一种是清初流传的本子,标为《冶游编五种七卷》,内容与说铃本大体同,但无尤序,不标卷数,似康熙末年至雍正初年所传抄者。一种是近代南京地志学者陈诒绂先生家藏之节录本,书写工整,字迹美观,为案头赏玩之物。

由于昭代本系余怀生前亲手誊录交由张潮刊刻者,真实可靠,错误较少,而说铃本文字似有所改动,错误略多,可靠性稍逊于昭代。这次校订,以昭代本为底本。该本亦有个别错误及被张潮删除之处,均依说铃本及各本补正。

《三吴游览志》当有清初刊本,惜未见。二十世纪二十年代,上海进步书局编辑《笔记小说大观》,收录是书,以石印袖珍本刊行。1984 年,江苏广陵古籍刻印社重刊,是书辑录于第十八册。这次校注,用的就是这个本子。若能引出清刊原本,则当为抛砖者之奇遇也。

庚辰四月李金堂识于金陵雨花台畔

目　录

出版说明……………………………………………………… 1

前言…………………………………………………………… 1

板桥杂记

序……………………………………………………………… 3

上卷　雅游………………………………………………… 7

中卷　丽品　珠市名姬附见……………………………… 20

下卷　轶事………………………………………………… 53

附录一……………………………………………………… 72

附录二　盒子会…………………………………………… 75

后跋………………………………………………………… 76

三吴游览志

序…………………………………………………………… 81

板◇桥◇杂◇记

序

　　或问余曰："《板桥杂记》何为而作也?"余应之曰："有为而作也。"或者又曰："一代之兴衰,千秋之感慨,其可歌可录者何限! 而子唯狭邪之是述①、艳冶之是传,不已荒乎?"余乃听然而笑曰②:"此即一代之兴衰、千秋之感慨所系,而非徒狭邪之是述、艳冶之是传也。金陵古称佳丽地③,衣冠文物盛于江南,文采风流甲于海内。白下青溪④,桃叶团扇⑤,其为艳冶也多矣。洪武初年,建十六楼以处官妓:淡烟、轻粉、重译、来宾……称一时韵事⑥。自时厥后,或废或存,迨至三百年之久。而古迹浸湮,所存者惟南市、珠市及旧院而已。南市者,卑屑妓所居;珠市间有殊色;若旧院,则南曲名姬、上厅行首皆在焉⑦。余生也晚,不及见南部之烟花、宜春之弟子⑧。而犹幸少长承平之世,偶为北里之游⑨。长板桥边,一吟一咏,顾盼自雄。所作歌诗,传诵诸姬之口,楚、润相看⑩,态、娟互引⑪,余亦自诩为平安杜书记也⑫。鼎革以来,时移物换。十年旧梦,依约扬州⑬;一片欢场,鞠为茂草⑭。红牙碧串⑮,妙舞轻歌,不可得而闻也;洞房绮疏⑯,湘帘绣幕,不可得而见也;名花瑶草,锦瑟犀毗⑰,不可得而赏也。间亦过之,蒿藜满眼,楼馆劫灰,美人尘土。盛衰感慨,岂复有过此者乎! 郁志未伸,俄逢丧乱,静思陈事,追念无因。聊记见闻,用编汗简,效《东京梦华》之录⑱,标崖公蚬斗之名⑲。岂徒狭邪之是述、艳冶之是传也哉!"客跃然而起,曰:"如此,则不可以不记。"于是作《板桥杂记》。

①狭邪:一作狭斜。原为少年歧路冶游之意。由于妓院多在小街曲巷等偏狭之处,后称狎妓饮酒为狭斜游。本文意指后者。《佩文韵府》引《摭言》:"杜牧在扬州,为狭斜游无虚夕。牛僧孺为淮南节度,潜遣卒护之。" ②听(yín)然:开口笑的样子。《史记·司马相如列传》:"无是公听然而笑。"《集解》引郭璞曰:"听,笑貌也。" ③"金陵"句:谢朓《入朝曲》:"江南佳丽地,金陵帝王州。逶迤带绿水,迢递起朱楼。" ④白下:南京古称之一。《旧唐书·地理志》:唐武德九年(626),"改金陵为白下县"。白下城旧址在今南京市中央门外幕府山下。 青溪:六朝时南京城东最大的一条河。发源于钟山,蜿蜒曲折流入秦淮,号称九曲青溪。两岸风光清幽秀美,是当时人们修禊与游玩的地方。南唐以来,日渐湮塞。今内桥稍东之古昇平桥,经由淮清桥(古青溪大桥)入秦淮河这一段,乃青溪旧河道。 ⑤桃叶:此指《桃叶歌》。《乐府诗集》卷四十五引《古今乐录》曰:"《桃叶歌》者,晋王子敬之所作也。桃叶,子敬妾名。缘于笃爱,所以歌之。"子敬是东晋著名书法家王献之的字。南京古秦淮河上的著名渡口桃叶渡,在古青溪入秦淮处,相传为桃叶渡河之地,亦因此歌而得名。清初废渡建桥,即今利涉桥。 团扇:此指《团扇歌》。《宋书·乐志》:"《团扇歌》者,中书令王珉与嫂婢有情,爱好甚笃。嫂捶挞婢过苦。婢素善歌,而珉好捉白团扇,故制此歌。" ⑥十六楼:明初,朱元璋建都南京,造十六座大酒楼以接待四方宾客。各楼均置官妓。明人周晖《金陵琐事》卷一:"洪武中,建来宾、重译、清江、石城、鹤鸣、醉仙、乐民、集贤、讴歌、鼓腹、轻烟、淡粉、梅妍、翠柳十四楼于南京,以处官妓。"加上原先所造的南市、北市二楼,合称十六楼。十六楼之具体地点,可查阅周晖《二续金陵琐事》卷下《十六楼基地》。十六楼之设,是明朝盛行官妓制的明证。大致到隆庆、万历年间,只有南市楼尚存,余十五楼尽废。然"此楼虽存,不过屠沽市儿之游乐而已"。

(周晖《续金陵琐事》卷上《寓南市楼诗》)而旧院、珠市等所谓"南部烟花",则始盛于弘治、正德年间,尤其是武宗南巡以后。万历末年以来,至于极盛。(参见钱谦益《金陵社夕诗序》)　⑦上厅行首:妓女的贵称。上厅指官府、官厅。行首,原指承应官府歌舞时女伎的领队人。宋朱彧《萍州可谈》:"倡妇州郡隶狱官,以伴女囚。近世择姿容,习歌舞,迎送使客,侍宴好,谓之女子。其魁谓之行首。"尔后,行首成为妓女的贵称,即名妓。元石君宝《曲江池》之《寄生草》:"那一个生得好些的,是上厅行首李亚仙。"　⑧宜春之弟子:即官妓。宜春,指宜春院,唐代宫廷中安置妓女的处所。唐崔令钦《教坊记》:"妓女入宜春院,谓之'内人',亦曰'前头人'。"　⑨北里之游:即狭斜游。唐孙棨著《北里志》,记叙了唐京师长安城北平康里诸伎情况。由此而称妓院之所在为平康、北里。　⑩楚、润:即楚娘、润娘,唐名妓。五代王定保《唐摭言》卷三:"郑合敬先辈及第后,宿平康里。诗曰:春来无处不闲行,楚润相看别有情。好是五更残酒醒,时时闻唤状元声。"注:"楚娘、润娘,妓之尤者。"　⑪态、娟:即张态、李娟,唐苏州妓。白居易《忆旧游》:"李娟、张态一春梦,周五、殷三归夜台。"白氏自注:"娟、态,苏州妓名。"(《全唐诗》卷四四四)　⑫平安杜书记:指唐诗人杜牧(803—852),字牧之。京兆万年(今陕西西安)人。太和二年(828)进士及第,复举贤良方正。后官湖州刺史,迁中书舍人。有《樊川集》。杜牧曾为淮南节度使牛僧孺的部属,任掌书记,掌撰文字,省称书记。平安,指平安帖子,即平安信。元辛文房《唐才子传》卷八:"牧美容姿,好歌舞,风情颇张,不能自遏。时淮南称繁盛,不减京华,且多名姬绝色。牧恣心游赏。牛相收街吏报'杜书记平安'帖子至盈箧。"对此,《青楼集序》评述说:"然樊川自负奇节,不为龊龊小谨。至论列大事,如《罪言》、《原十六卫》、《战》《守》二论,与时宰《论兵》、《论江贼书》,达古今,审成败,视昔之平安杜书记为何如耶!"澹心以平安杜书记自诩,其意为虽有狭斜之游,然在紧要时刻,能持大议,抗大节。他曾任明南京兵部尚书范景文(质公)的幕宾,负责接待四方宾客,地位亦与杜牧颇相似,故云此耳。

⑬"十年"二句:杜牧《遣怀》:"落魄江南载酒行,楚腰肠断掌中轻。十年一觉扬州梦,赢得青楼薄幸名。"此借杜诗表达对巨大变化的感慨与怅惘。　⑭鞠为茂草:意谓原来繁华欢乐的场所,现在已经长满了茂密的蒿草。《诗·小雅·小弁》:"踧踧周道,鞠为茂草。"　⑮红牙:拍板,多用红色檀木制成,奏乐时击打,用以调节乐曲乐节拍。　碧串:拍板上的装饰物碧玉串。　⑯绮疏:窗户上的镂空花纹,或指镂花的窗格。这是房屋装饰豪华的标志之一。《后汉书·梁冀传》:"窗牖皆有绮疏青锁,图以云气仙灵。"　⑰犀毗:衣带上的一种豪华精美饰物。《汉书·匈奴传》:汉文帝遗单于"黄金犀毗一"。孟康曰:"要中大带也。"师古曰:"胡带之钩也。"本文中与锦瑟并提,当作犀皮解,即漆有精美文饰的琴、笙等乐器。　⑱《东京梦华》之录:指宋人孟元老的《东京梦华录》。该书为宋室南渡之后,追忆北宋都城东京开封繁盛之事。作者自序云:"追念回首怆然,岂非华胥之梦觉哉!"澹心著《杂记》时的心情与此颇有相通之处,故云"效《东京梦华》之录"。　⑲崖公蚬斗:唐代教坊乐者对最高统治者及其态度的行内称呼。唐崔令钦《教坊记》:"诸家散乐,呼天子为崖公,以欢喜为蚬斗,以每日在至尊左右为长人。"

板桥杂记上卷　雅游

　　金陵为帝王建都之地。公侯戚畹①,甲第连云②;宗室王孙,翩翩裘马;以及乌衣子弟③,湖海宾游,靡不挟弹吹箫,经过赵、李④。每开筵宴,则传呼乐籍⑤,罗绮芬芳。行酒纠觞⑥,留髡送客⑦,酒阑棋罢,堕珥遗簪⑧。真欲界之仙都,升平之乐国也。

　　①戚畹:外戚,皇室的姻亲。　　②甲第:原指侯者住宅。《史记·武帝纪》:"赐列侯甲第。"后泛称贵显的宅第。　　③乌衣子弟:原指东晋王导、谢安等达官显宦的子弟。乌衣,指乌衣巷。三国孙吴时,这里驻有乌衣营,故名。晋室南渡,"王、谢诸名族居此,时谓其子弟为乌衣诸郎"。(《景定建康志》卷十六)本文泛指贵族高官子弟。乌衣巷原在今南京市镇淮桥东剪子巷至武定桥、文德桥南一带。今南京市夫子庙文德桥南有一小巷,名乌衣巷。　　④经过赵、李:乃寻访妓家之意。赵家、李家,名妓之家。钱谦益《寿丁继之七十》有云:"荫藉金张那可问,经过赵李总堪怜。"(《牧斋有学集》卷五)颟梗《秦淮感旧录》云:"虽美人黄土、名士青山,而桃花门巷,犹是儿家。访翠平康者,犹言'经过赵、李'焉。"　　⑤乐籍:乐户的名籍。古代官伎隶于乐部,故称乐籍。后多指在籍编册之官妓。杜牧《张好好诗序》:"好好年十三,始以善歌来乐籍中。"　　⑥纠觞:举杯。觞,盛酒器皿。　　⑦留髡送客:意为留客痛饮。《史记·淳于髡传》:"日暮酒阑,合尊促坐,男女同席。履舄交错,杯盘狼藉。堂上烛灭,主人留髡而送客。微闻芗泽,罗襦襟解。当此之时,髡心最欢,能饮一石。"　　⑧堕珥遗簪:形容男女宾客饮酒娱乐至极欢的样子。《史记·淳于髡传》:"前有堕珥,后有遗

簪。"珥,耳饰。

旧院人称曲中①,前门对武定桥,后门在钞库街。妓家鳞次,比屋而居。屋宇精洁,花木萧疏,迥非尘境。到门则铜环半启,珠箔低垂②;升阶则猧儿吠客③,鹦哥唤茶;登堂则假母肃迎④,分宾抗礼;进轩则丫环毕妆,捧艳而出;坐久则水陆备至⑤,丝肉竞陈⑥;定情则目眺心挑,绸缪宛转。纨袴少年,绣肠才子,无不魂迷色阵,气尽雌风矣。妓家,仆婢称之曰"娘",外人呼之曰"小娘",假母传声曰"娘儿"。有客,称客曰"姐夫",客称假母曰"外婆"。

①旧院:指明初就建立的富乐院。刘辰《国初事迹》:"太祖立富乐院于乾道桥,复移武定桥等处。""又为各处将官妓饮生事,尽起赴京入院。"(《中国野史集成》第二十二册,又《秦淮广纪》卷一之一) 曲中:妓聚居之地。《北里志·海论三曲中事》云:"平康里入北门,东回之曲,即诸妓所居之聚也。妓中有铮铮者,多在南曲、中曲;其循墙一曲,卑屑妓所居,颇为二曲轻视之。" ②珠箔:珠帘。《汉武故事》:武帝起神宫,"甲帐以白珠为帘箔,玳瑁押之,象牙为篾。" ③猧(wō)儿:一种供人玩弄的宠物小狗。 ④假母:鸨母。《北里志·海论三曲中事》:"妓之母,多假母也。" ⑤水陆:指水陆所产各种食物。⑥丝肉:丝,弦管之乐;肉,歌唱。

乐户统于教坊司,司有一官以主之。有衙署,有公座,有人役、刑杖、签牌之类,有冠有带,但见客则不敢拱揖耳。

妓家分别门户,争妍献媚,斗胜夸奇。凌晨则卯酒淫淫①,兰汤滟滟②,衣香一园;停午乃兰花茉莉③,沉水甲煎④,馨闻数里;入夜而撷笛挝筝,梨园搬演,声彻九霄。李、卞为首,沙、顾次之,郑、顿、崔、马,又其次也⑤。

①卯酒:凌晨所饮之酒。白居易《卯饮》:"卯饮一杯眠一觉,世间
何事不悠悠。"　②兰汤:有香味的洗浴之水。《赵飞燕别传》:"兰汤
滟滟,昭仪坐其中。"　③停午:正午。　④沉水甲煎:即沉水香、甲
香,均为名贵香料。李商隐《隋宫守岁》:"沉香甲煎为庭燎,玉液琼苏
作寿杯。"　⑤"李、卞"四句:此处列举曲中妓之善乐歌者:李,李大
娘;卞,卞赛与卞敏姐妹;沙,沙才;顾,顾媚;郑,郑妥娘;顿,顿文;崔,崔
科;马,马娇与马嫩姐妹。以上诸人在卷中《丽品》中都先后提及,此处
不赘述。

长板桥在院墙外数十步,旷远芊绵,水烟凝碧。回光、鹫
峰两寺夹之①,中山东花园亘其前②,秦淮朱雀桁绕其后③。
洵可娱目赏心,漱涤尘俗。每当夜凉人定,风清月朗,名士倾
城,簪花约鬓,携手闲行,凭栏徙倚。忽遇彼姝,笑言宴宴④。
此吹洞箫,彼度妙曲,万籁皆寂,游鱼出听。洵太平盛事也。

①回光:寺名。梁天监十三年(514)武帝建,初名光宅寺,又名萧
寺、萧帝寺;南唐名法光寺,宋更名鹿苑寺。明永乐年间重建,改赐此
名。今该寺已不存,地当今南京市雨花门内江宁路西侧周处台南。鹫
峰:寺名。该地东晋时原为东府城,南朝梁、陈时为江总宅。宋建青溪
阁。明天顺间,即青溪阁建寺,赐额鹫峰。地当今南京市淮清桥东南。
从地理位置看,回光寺在旧院、长板桥之南偏东,鹫峰寺在其北偏东,故
曰"两寺夹之"。　②中山东花园:今南京市白鹭洲公园。明初以来,
属中山王徐府(王府在今瞻园路),以地在徐府之东,故名东花园,一曰
太傅园。由于东花园在旧院长板桥之东,故曰"亘其前"。　③朱雀
桁:又作朱雀航,亦名朱雀桥,在今南京市中华门内之镇淮桥。此航孙

吴时称南津大桥。东晋以来,以此航之北正对朱雀门,故名。朱雀桁地当旧院长板桥之西偏南,故曰"绕其后"。 ④宴宴:亦作燕燕,和乐貌。《诗·卫风·氓》:"言笑宴宴,信誓旦旦。"

秦淮灯船之盛,天下所无。两岸河房①,雕栏画槛,绮窗丝障,十里珠帘。主称既醉,客曰未晞②。游楫往来,指目曰③:某名姬在某河房,以得魁首者为胜。薄暮须臾,灯船毕集。火龙蜿蜒,光耀天地。扬槌击鼓,蹋顿波心。自聚宝门水关至通济门水关④,喧阗达旦。桃叶渡口,争渡者喧声不绝。余作《秦淮灯船曲》中有云⑤:"遥指钟山树色开,六朝芳草向琼台⑥。一围灯火从天降,万片珊瑚驾海来⑦。"又云:"梦里春红十丈长,隔帘偷袭海南香⑧。西霞飞出铜龙馆⑨,几队娥眉一样妆⑩。"又云:"神弦仙管玻璃杯,火龙蜿蜒波崔嵬。云连金阙天门迥,星舞银城雪窖开⑪。"皆实录也。嗟乎,可复见乎!

①河房:沿秦淮河两岸的精美房屋。具体指今南京市内秦淮之淮清桥至武定桥一段两岸河房。吴应箕《留都见闻录》说:"南京河房,夹秦淮而居。绿窗朱户,两岸交辉。而倚槛窥帘者,亦自相掩映。夏月淮水盈漫,画船箫鼓之游,至于达旦,实天下之丽观也。" ②晞:天色将明时的日光。《诗·齐风·东方未明》:"东方未晞。"疏曰:"晞谓将旦之时,日之光气,始升于上。" ③指目:手指而目视之。《史记·陈涉世家》:"旦日,卒中往往语,皆指目陈胜。" ④聚宝门:今南京城之中华门。通济门:地点在今南京市大中桥东南侧,九龙桥北。二十世纪五十年代被拆除。通济门水关,即东水关,为秦淮河水入城处。当地今仍有东关头、东关闸等地名。 ⑤《秦淮灯船曲》:今未见,可能已遗佚。⑥琼台:据传是夏代帝癸(桀)之玉台。此借以形容楼台之华美瑰丽。

⑦万片珊瑚:此用以形容灯船之装饰华美,为数众多。　⑧海南香:即土沉香。范成大《桂海虞衡志》:"大抵海南香,气皆清淑,如莲花、梅英、鹅梨、蜜脾之类。焚香一博,投许,气翳弥室。翻之,四面悉香。至煤烬,气不焦。此海南香之辨也。"宋以来,官僚、富室多用之。陆游《雪夜》:"书卷纷纷杂药囊,拥衾时炷海南香。"　⑨铜龙:铜制龙形的喷水管,使自龙口吐水,故称。《后赵录》卷七:"于华林苑中千金堤上,作两铜龙相向吐水,以注天泉。"此则描绘竞渡之龙船。　⑩娥眉:一作蛾眉,指美女。《诗·卫风·硕人》:"螓首蛾眉,巧笑倩兮,美目盼兮。"⑪"云连"二句:以金阙、天门、银城、雪窖等描绘秦淮灯船场面如九天仙境一般,亦可想见当日秦淮之繁华。

　　教坊梨园,单传法部①,乃威武南巡所遗也②。然名妓仙娃,深以登场演剧为耻。若知音密席,推奖再三,强而后可。歌喉扇影,一座尽倾。主之者大增气色,缠头助采③,遽加十倍。至顿老琵琶、妥娘词曲④,则只应天上,难得人间矣⑤!

　　①法部:唐时宫廷教习与演奏法曲的部门。法曲是中原地区汉族的清商乐,与从西域传入的各族音乐("胡乐")长期融合而形成的隋、唐音乐。因尝用于佛、道活动,故名。据《新唐书·礼乐志》:"玄宗既知音律,又酷爱法曲,选坐部伎子弟三百,教于梨园,……号'皇帝梨园弟子'。"此以法部喻明朝宫廷乐曲。　②威武:指明武宗正德皇帝朱厚照(1491—1521)。《明史·武宗纪》:武宗自称"总督军务、威武大将军",故有此称。威武南巡,乃正德十四年(1519)亲征宁王朱宸濠事。所谓威武南巡所遗,指明宫廷乐曲由于武宗南巡而开始在南京流传。自此以后,旧院老乐工唱北调,以琵琶、筝和之,即为宫中所传。周在浚《金陵古迹诗》之七注云:"秦淮灯船所奏,皆宫中乐。乐半,吹唱喝采,其声如雷。闻宫中元夕奏乐亦然。"周诗之八注亦云:"南院顿老琵琶,是威武南巡所遗法曲。"(《续本事诗》卷十二)　③缠头:赠赏歌舞人之财、

物叫缠头。此俗始于唐。《太平御览》卷八一五引《唐书》:"旧俗赏歌舞人,以锦彩置之头上,谓之'缠头'。宴飨加惠,借以为词。"　④顿老琵琶:顿老为顿仁之后裔,琵琶系其家传之艺。明梅鼎祚(禹金)《顿姬坐追谭正德南巡事》云:"顿之先有顿仁弹琵琶,及角妓王宝奴,俱见幸。"(《续本事诗》卷六)　妥娘:郑如英,字无美,小名妥,行十二。金陵名妓。据《续本事诗》,旧院以艳著者,首推郑妥。万历间,与马湘兰、赵今燕、朱无瑕并称"秦淮四大美人",而妥韶丽惊人。善为诗,亦能词。郑如英诗选入《列朝诗闺集》中。其人清朝初年尚在,年七十余。(《秦淮广记》卷二之二)孔尚任《桃花扇》中之郑妥,全属丑化,非实也。
⑤"只应"二句:杜甫《赠花卿》:"锦城丝管日纷纷,半入江风半入云。此曲只应天上有,人间能得几回闻?"

　　裙屐少年①,油头半臂②。至日亭午,则提篮挈榼③,高声唱卖逼汗草、茉莉花,娇婢卷帘,摊钱争买,捉膀撩胸,纷纭笑谑。顷之,乌云堆雪,竟体芳香矣。盖此花苞于日中,开于枕上,真媚夜之淫葩,殢人之妖草也④。建兰则大雅不群,宜于纱幮文樹,与佛手、木瓜,同其静好,酒兵茗战之余,微闻香泽。所谓"王者之香"、"湘君之佩"⑤,岂淫葩妖草所可拟乎!

　　①裙屐少年:指善自修饰而无实学的少年。《北史·邢峦传》:"峦表曰:'……萧深藻是裙屐少年,未洽政务。'"此处指修饰华美的少年。②半臂:短袖上衣。《事物纪原》卷三引《实录》曰:"隋大业中,内官多服半臂,除即长袖也。唐高祖减其袖,谓之半臂,今背子也。江淮之间或曰绰子。古人竞服,隋始制之也。今俗名搭护。"　③榼(kē):古代盛酒或贮水的器具,此指盛放各种花卉而有数层的提盒。　④殢(tì)人:引逗、纠缠人。柳永《玉蝴蝶》:"要索新词,殢人含笑立尊前。"⑤王者之香:蔡邕《琴操》(上)之《绮兰操》:孔子"自卫返鲁,过隐谷之

中,见香兰独茂,喟然叹曰:'夫兰,当为王者香。'"《左传·宣公三年》亦称兰为"国香"。　湘君:湘水之神。屈原有《九歌·湘君》。

　　南曲衣裳妆束,四方取以为式,大约以淡雅、朴素为主,不以鲜华、绮丽为工也。初破瓜者[1],谓之梳拢;已成人者,谓之上头[2]。衣饰皆主之者措办。巧制新裁,出于假母,以其余物自取用之。故假母虽高年,亦盛妆艳服,光彩动人。衫之短长,袖之大小,随时变易,见者谓是时世妆也[3]。

　　[1]破瓜:拆瓜字为二八,故破瓜指十六岁。　[2]上头:一名上鬏。古时女子十五岁为"及笄",一曰"初笄"。到时要举行仪式,把披垂之发梳上去,以插簪子,表示成人。笄,簪子。《唐音癸签》卷十九:"今世女子初笄曰上头。花蕊夫人宫词:'年初十五最风流,新赐云鬏使上头。'"[3]时世妆:普遍风行的妇女妆束。语出白居易《时世妆》诗。这里描写的是当时妇女的一种时尚妆饰。

　　曲中女郎,多亲生之,母故怜惜倍至。遇有佳客,任其留连,不计钱钞。其伧父大贾[1],拒绝弗与通,亦不怒也。从良落籍,属于祠部[2]。亲母则所费不多,假母则勒索高价。谚所谓"娘儿爱俏,鸨儿爱钞"者,盖为假母言之耳。

　　[1]伧父:鄙陋、粗野之人。陆游《老学庵笔记》卷九:"南朝谓北人曰伧父。"后泛指粗鲁、鄙陋之人而无南北之分,《杂记》卷中指一伧父则为浙人,可知。　[2]祠部:据《明史·职官志》,明初设礼部,下分四属部,祠部居其一,教坊隶之。

　　旧院与贡院遥对[1],仅隔一河,原为才子佳人而设。逢秋

风桂子之年②,四方应试者毕集。结驷连骑,选色征歌。转车
子之喉③,按阳阿之舞④;院本之笙歌合奏⑤,回舟之一水皆
香。或邀旬日之欢,或订百年之约。蒲桃架下,戏掷金钱⑥;
芍药栏边,闲抛玉马⑦。此平康之盛事⑧,乃文战之外篇⑨。
若夫士也色荒,女兮情倦,忽裘敝而金尽,遂欢寡而愁殷。虽
设阱者之恒情,实冶游者所深戒也。青楼薄幸⑩,彼何人哉!

①贡院:在南京夫子庙东邻,秦淮河北岸,原为宋建康府学之考场。
明初定都南京,在此处大规模兴建贡院,集江南乡试与全国会试于兹。
后京城北迁,南京贡院仍为南都乡试之所。清仍之,为江苏、安徽两省
乡试之地,名江南贡院。明、清两代,南京贡院乡试规模为全国之冠,贡
院规模亦为各省之最。因此,顺天乡试称"北闱",南京乡试称"南闱"。
据南京江南贡院陈列馆近日所得清同治十三年所绘《江南贡院全图》,
贡院之范围南抵秦淮河边,北至建康路北,东达淮清桥旁,西到贡院西
街,街西为夫子庙。面积约30万平方米。河对岸,即明之长板桥,今为
大石坝街,板桥西为旧院。　②秋风桂子之年:即乡试之年。乡试在
秋季,一般每三年举行一次,俗称"秋闱"。　③车子:三国曹魏著名
歌者。《文选》繁休伯《与魏文帝牋》云:"时都尉薛访车子,年始十四,能
喉啭引声,与箫同音。""遗声抑扬,不可胜穷。优游转化,余弄未尽。暨
其清激悲吟,杂以怨慕,咏北狄之遐征,奏胡马之长思,凄入肝脾,哀感
顽艳。"尔后成为优秀歌手的代称。钱谦益《灯屏词十二首》之九云:"阳
翟新声换《竹枝》,秋风红豆又离披。啭喉车子当筵唱,恰似侬家绝妙
词。"　④阳阿:古代名倡,善舞者。《淮南子·俶真训》:"足蹀阳阿之
舞,而手会绿水之趋。"高诱注:"阳阿,古之名倡也;绿水,舞曲也。"
⑤院本:行院之本。金、元称杂剧艺人乃至伎者所居之处为行院;其所
演唱之脚本叫院本。陶宗仪《辍耕录》卷二十五《院本名目》:"金有院
本、杂剧、诸宫调。院本,杂剧,其实一也。"元之行院,亦即明之旧院。
⑥戏掷金钱:以掷金钱为游戏。《开元天宝遗事》:"内庭嫔妃,每至春

时,各于禁中结伴三人至五人,掷金钱为戏,盖孤闷无所遣也。"此处乃喻客出手大方,为讨佳人欢心也。　　⑦闲抛玉马:指男女定情。据《北窗志异》,唐代秀才黄损,世家出身。自幼佩有玉马坠,色泽温栗,雕刻精工。后因此物,与其妻裴玉娥历经劫难,离而复合。玉马坠被奉为神物。明人刘方编撰有杂剧《天马媒》,路术淳有杂剧《玉马佩》,皆传此事。此处以玉马喻男女定情信物。　　⑧平康:唐代长安之平康坊,妓女所居之处。《开元天宝遗事》:"长安有平康坊,妓女所居之地。京都侠少萃集于此,兼每年新进士,以红笺名纸游谒其中,时人谓此坊为风流薮泽。"　　⑨文战:士子参加科举考试之喻。科考之余,游平康以邀美女欢欣,故称外篇。　　⑩青楼:此指妓家所居。梁刘邈《万山见采桑人》:"倡妾不胜愁,结束下青楼。"

　　曲中市肆,精洁殊常。香囊、云舄、名酒、佳茶、饧糖、小菜、箫管、琴瑟,并皆上品。外间人买者,不惜贵价;女郎赠遗,都无俗物。正李仙源《十六楼集句》诗中所云"市声春浩浩,树色晓苍苍。饮伴更相送,归轩锦绣香"也①。

　　①李仙源:李泰,字叔通,一字仙源。洪武三十年(1397)夏榜三甲五名进士。博学知天文,掌钦天监。私谥安敏先生。所引诗句出自《十六楼集句》之二《北市楼》。

　　发象房,配象奴,不辱自尽①;胡闺妻女发教坊为娼②:此亘古所无之事也③。追诵火龙铁骑之章④,以为叹息。

　　①"发象房"三句:象房即驯象所;象奴是锦衣卫管辖下专门驯养群象的役徒,地位极端低下。发象房,配象奴,指靖难之师攻入南京后,明成祖朱棣大杀忠于建文帝的大臣,凌辱其妻女及家属的一种残酷手段。

据史籍载,大理寺少卿胡闰妻汪氏及二女俱配象奴,户部侍郎郭任三女亦配象奴;刑部尚书侯泰妻曾氏,配象奴刺三为妻;户部给事中陈继中妻姚氏,配象奴阿宗为妻,等等。(《奉天刑赏录》引《立斋闲录》)因此,不甘受辱而自尽之事甚多,最壮烈者,当以黄观一家为代表。黄观,字澜伯,一字尚宾。安徽贵池人。洪武二十四年会试第一。建文初,擢礼部右侍郎,右侍中。靖难兵入城,收其妻翁氏并二女皆配象奴。翁氏不屈,乘间率二女及家属十人,俱赴淮清桥下死。(《革朝遗忠录》卷下)另有一烈妇自沉前题诗云:"不忍将身配象奴,手提麦饭祭亡夫。今朝武定桥头死,要使清风满帝都。"(《建谱志余》引《列朝诗集》) ②胡闰:建文帝的著名大臣。《明史·胡闰传》载,胡闰,字松友。江西鄱阳人。洪武四年,郡举秀才。建文初,迁右补阙,寻进大理寺少卿。京师陷,召闰,不屈。与子传道俱死,幼子传庆戍边。《革朝遗忠录》卷上记胡妻汪氏与二女"俱给配象奴"。《奉天刑赏录》引《教坊录》,永乐元年七月二十一日,本司右韶舞邓诚题奏,汪氏于本年四月初三日,由锦衣卫发下教坊司。也许是先配象奴,然后转发教坊为娼。发教坊为娼,是建文忠臣之妻女及亲属遭凌辱的主要方式。如齐泰的一个姐姐与两个外甥媳妇、黄子澄的妹妹、卓敬的义女等,均遭此辱。 ③"此亘古"句:言镇压之残酷。朱棣不仅极残暴地屠杀建文朝臣,如方孝孺一案,共灭十族,杀死八百四十七人;还极野蛮地凌辱其妻女亲族,如齐泰、黄子澄之姐妹与外甥媳妇四人发入教坊,"每一日一夜二十条汉守者"肆意淫辱;谢昇之妻韩氏,"送淇国公丘福处转营奸宿";历阳徐尚书,竟被"纵教坊子弟群乱其妻致死"。(均见《奉天刑赏录》)所有这些兽行,确实是"亘古所无"。澹心如实揭示了明初的这段历史事实,由此可以知道这是明朝初年官妓制盛行的一个重要原因。 ④火龙铁骑之章:刘辰《国初事迹》云:"太祖以火德王,色尚赤,将士战袄、战裙、壮帽、旗帜皆用红色。"《明史·乐志三》载《安建业之曲》:"虎踞龙盘佳丽地,真主开基,千载风云会。十万雄兵屯铁骑,台臣守将皆奔溃。"

虞山钱牧斋《金陵杂题绝句》中①，有数首云："淡粉轻烟佳丽名，开天营建记都城②。而今也入烟花部，灯火樊楼似汴京③。""一夜红笺许定情，十年南部早知名。旧时小院湘帘下，犹记鹦哥唤客声。"旧院马二娘字晃采。"惜别留欢恨马蹄，勾栏月白夜乌啼。不知何与汪三事④，趣我欢娱伴我归。""别样风怀另酒肠，伴他薄幸奈他狂。天公要断烟花种，醉杀瓜洲萧伯梁⑤。""顿老琵琶旧典型，檀槽生涩响零丁。南巡法曲谁人问？头白周郎掩泪听。"绍兴周禹锡喜听顿老琵琶⑥。"旧曲新诗压教坊，缕衣垂白感湖湘。闲开闰集教孙女，身是前朝郑妥娘。"郑如英小名妥娘⑦。新城王阮亭《秦淮杂诗》中有二首云⑧："旧院风流数顿杨⑨，梨园往事泪沾裳。樽前白发谈天宝⑩，零落人间脱十娘⑪。""旧事南朝剧可怜⑫，至今风俗斗婵娟⑬。秦淮丝肉中宵发，玉律抛残作笛钿⑭。"以上皆伤今吊古、慷慨流连之作，可佐南曲谈资者，录之以当哀丝急管。黄山谷云："解作江南断肠句，世间唯有贺方回⑮。"倘遇旗亭歌者，不能不画壁也⑯。

①虞山：山名，在江苏省常熟市西北。相传虞仲葬山之东岭上，故名。此代指常熟。钱牧斋：钱谦益（1582—1664），字受之，号牧斋，一号虞山。江苏常熟人。明万历三十八年（1610）一甲三名进士，官至礼部尚书。降清后，以礼部右侍郎管秘书院事。旋以疾归。钱氏学识渊博，著述宏富，被尊为一代宗师，"江左三大家"之首。《金陵杂题绝句》，载《牧斋有学集》卷八，题名《金陵杂题绝句二十五首继乙未春留题之作》，作于清顺治十四年（1657）。　②开天营建：淡粉、轻烟等十六楼，建于明初洪武年间。此借唐开元、天宝，喻鼎盛也。　③樊楼：酒楼。本名矾楼。《宋稗类钞》卷五《文苑》："京师东华门外景明坊有酒楼，人谓之矾楼。……本商贾鬻矾于此，后为酒楼，故名矾楼。"汴京：北宋京

城开封。　　④原诗下注:"新安汪逸,字遗民。"可知汪三为汪逸。
⑤瓜洲萧伯梁:见本书下卷。　　⑥原诗注为:"绍兴周锡圭字禹锡,好
听南院顿老琵琶,常对人曰:'此威武南巡所遗法曲也。'"　　⑦原诗
注为:"郑如英,小名妥。诗载《列朝·闰集》中。今年七十二矣。"则郑
妥生于明万历十四年(1586)。《列朝·闰集》即钱谦益所编《列朝诗
集》之《闰集》。　　⑧王阮亭:王士禛(1634—1711),一作士正、士祯,
字子真,一字贻上,号阮亭,别号渔洋山人。新城(今山东桓台)人。顺
治十五年(1658)进士,官至刑部尚书。工诗,以神韵为宗,领诗坛风雅
数十年。《秦淮杂诗》二十首,见《渔洋山人诗集》卷十八。　　⑨顿
杨:顿指顿老;杨疑为杨彬。杨家亦旧院琵琶名家,与顿家齐名。周晖
《二续金陵琐事》卷下引何元朗《四友斋丛说》:"旧院杨家,亦世代有
名。酒半,取琵琶谈之。"《秦淮广记》卷一之一记:"(顾)东桥张宴,必
用教坊乐工,以筝、琶佐觞。最喜小乐工杨彬,常诧客曰:符南冷诗所谓
'消得杨郎一曲歌'者也。"　　⑩樽前白发句:指白发宫女谈天宝故
事。语出唐元稹《行宫诗》:"寥落古行宫,宫花寂寞红。白头宫女在,
闲坐说玄宗。"谈天宝,说玄宗,喻追述旧院往昔盛事。　　⑪脱十娘:
旧院名妓。王士禛《池北偶谈》卷十二云:"金陵旧院,有顿、脱诸姓,皆
元人后没入教坊者。……顺治末,予在江宁,闻脱十娘者,年八十余,尚
在。万历中,北里之尤也。予感而赋诗云。"　　⑫南朝:指南京,亦指
南明福王政权。　　⑬婵娟:形态美好。斗婵娟,比美。　　⑭玉律:
古代用以定音的乐器叫律,玉制,故名玉律。　笛钿:以金饰笛。此指
乐器外观之华美。关于"玉律抛残",《南史·齐本纪》:乐昏侯永元三
年(501),大建诸殿。"江左旧物,有古玉律数枚,悉裁入钿笛。"士禛此
句,意在哀高门之女被"抛残"而堕入风尘也。　　⑮黄山谷:黄庭坚
(1045—1105),字鲁直,号涪翁,又号山谷道人。洪州分宁(今江西修水
县)人。宋英宗治平四年(1067)进士。工诗,为江西诗派之祖。与苏
轼齐名,并称苏、黄。　贺方回:贺铸(1052—1125),字方回,号庆湖遗
老。宋卫州(今河南汲县)人。贺铸有词《青玉案·横塘路》:"碧云冉

冉蘅皋暮,彩笔新题断肠句。试问闲愁都几许? 一川烟草,满城风絮,梅子黄时雨。"当时广为传诵。黄庭坚在鄂州读后,感慨系之。北宋崇宁二年(1103)写《寄贺方回》诗:"少游醉卧古藤下,谁与愁眉唱一杯? 解作江南断肠句,只今惟有贺方回。" ⑯"倘遇"二句:《集异记》云:开元中诗人,王昌龄、高适、王之涣齐名。一日共诣旗亭小饮,听歌妓唱诗,以各人诗入歌多者为优,并在墙上画壁作记号。旗亭,酒楼,因立旗于上,故名。

中卷　丽品

　　余生万历末年，其与四方宾客交游，及入范大司马莲花幕中为平安书记者①，乃在崇祯庚、辛以后②。曲中名妓，如朱斗儿、徐翩翩、马湘兰者③，皆不得而见之矣。则据余所见而编次之，或品藻其色艺，或仅记其姓名，亦足以征江左之风流④，存六朝之金粉也。昔宋徽宗在五国城⑤，犹为李师师立传⑥，盖恐佳人之湮灭不传，作此情痴狡狯耳。"'风乍起，吹皱一池春水'，干卿何事？"⑦"彼美人兮"，"巧笑倩兮，美目盼兮。"⑧"彼君子兮"，"中心藏之，何日忘之！"⑨

　　①范大司马：范景文（1587—1644），字梦章，号质公，别号思仁。河北吴桥人。万历四十一年（1613）进士。除东昌推官，擢吏部郎中。以不事魏阉，移疾归。崇祯初，起太常少卿。崇祯末年，官工部尚书，东阁大学士，入参机务。十七年（1644）三月，京师陷，投井自尽。谥文贞，清谥文忠。范景文官南京兵部尚书（南大司马）时为崇祯七年（1634）冬至十一年（1638）冬。莲花幕：幕府，亦称莲府。《南史·庾杲之传》："尚书左丞王俭用杲之为卫将军长史。安陆侯萧缅与俭书曰：'盛府元僚，实难其选。庾景行泛绿水，依芙蓉，何其丽也。'时人以入俭府为莲花池，故缅书美之。"后称幕宾为入莲幕本此。　　②崇祯庚、辛：崇祯十三年庚辰（1640）、十四年辛巳（1641）。时余澹心年二十五、六岁，而范景文已因上书救黄道周，劾杨嗣昌，被削籍为民，仍居南京。则余入范幕，为志趣相投、政见略同耳。　　③朱斗儿：字素娥。金陵名妓。《秦淮广记》卷二之一引《卧游楼史》："素娥色不甚都，颇闲笔砚。往往青衿士子，谈及经史，多为所屈。"　徐翩翩：字飞卿，一字惊鸿，别号慧月。金陵名

妓。年十六,谢少连"以'翩若惊鸿'目之,由是得名"。"同日就四师,授
以艺:字则周公暇,琴则许太初,诗则陆成叔,曲则朱子坚。"(《亘史》)
马湘兰:马守真(1548—1606),小字玄儿,又字月娇。行四,称四娘。以
善画兰,故湘兰之名独著。金陵名妓。《列朝诗集小传·闰集》云:马"姿
首如常人,而神情开涤,濯濯如春柳早莺。吐辞流盼,巧伺人意,见之者
无不人人自失也。"有《湘兰子集》二卷与书画作品传世,还有传奇《三生
传》等。　④江左风流:指东晋名臣谢安事。谢安(320—385),字安
石。阳夏(今河南太康)人,寄寓会稽(今浙江绍兴)之东山。四十多岁
始出仕,累官中书监,录尚书事,执东晋政柄。《晋书·谢安传》:"安虽放
情丘壑,然每游赏,必以妓女从。"谢安对南朝乃至后世影响很大,被官
僚、士子奉为楷模。《南齐书·王俭传》:"俭常谓人曰:'江左风流宰相,
唯有谢安。'盖自比也。"尔后,位居枢要而放情丘壑,饱学诗书而挟妓游
宴,都被认为是"江左风流"。这是士林的一种风尚。　⑤宋徽宗:赵佶
(1082—1135),宋神宗子。在位期间,穷极奢靡,大兴土木,屏忠任奸,民
变四起。对辽、金关系处置失当,仓皇让位其子钦宗(赵恒),卒至汴京
陷落,为金兵俘虏而北。金帝封之昏德公。　五国城:今黑龙江省依兰
县。赵佶父子被囚禁于此,直至死亡。　⑥李师师:北宋汴京名妓,
以歌舞著名京师,深得宋徽宗赵佶宠爱。据《李师师外传》云:汴京城
破,李师师被张邦昌所执,以献金营。师师大骂邦昌无耻,自尽而死。
亦有称其流落南方者。为李师师立传,事见宋人张端义《贵耳集》卷下:
"道君(宋徽宗)北狩,在五国城,或在韩州。凡有小小凶吉、丧祭节序,
北国必有赐赍,一赐必要一谢表。北国集成一帙,刊在榷场中,传写四、
五十年。士大夫皆有之。余曾见一本。更有《李师师小传》同行于时。"
⑦"风乍起"三句:南唐冯延巳作《谒金门》词,首二句云:"风乍起,吹皱
一池春水。"中宗李璟设宴,戏谓延巳曰:"'吹皱一池春水',干卿何事?"
延巳对曰:"未若陛下'小楼吹彻玉笙寒'。"(见《南唐书·冯延巳传》)
⑧彼美人兮:见《诗·邶风·简兮》。　"巧笑"二句:见《诗·卫风·硕人》。
此以形容曲中诸妓玉颜含笑,美目流盼,娇美动人。　⑨彼君子兮:

见《诗·魏风·伐檀》。 "中心"二句:见《诗·小雅·隰桑》。此以表明对往日繁华与美姬仙娃的无限眷念。

尹春,字子春。姿态不甚丽,而举止风韵,绰似大家。性格温和,谈词爽雅,无抹脂郢袖习气。专工戏剧排场①,兼擅生、旦。余遇之迟暮之年,延之至家,演《荆钗记》,扮王十朋②。至《见母》、《祭江》二出,悲壮淋漓,声泪俱进,一座尽倾,老梨园自叹弗及。余曰:"此许和子《永新歌》也③,谁为韦青将军者乎④!"因赠之以诗曰:"红红记曲采春歌⑤,我亦闻歌唤奈何⑥。谁唱江南断肠句⑦,青衫白发影婆娑。"春亦得诗而泣。后不知其所终。嗣有尹文者,色丰而姣,荡逸飞扬,顾盼自喜,颇超于流辈。太平张维则暱就之⑧,唯其所欲,甚欢。欲置为侧室,文未之许。属友人强之。文笑曰:"是不难。嫁彼三年,断送之矣。"卒归张。未几,文死。张后十数年乃亡。仕至监司⑨,负才华,任侠,轻财结客,磊落人也。

①排场:登场演出。 ②《荆钗记》:元柯丹丘所撰传奇,叙述宋温州王十朋,以荆钗聘贡生钱流形之女玉莲为室。后遭恶人计算,夫妇分离,历经劫难,终于团圆。 王十朋(1112—1171):字龟龄,号梅溪。浙江乐清人。绍兴二十七年进士第一,授绍兴府签判。孝宗立,知严州。屡官太子詹事。以龙图阁学士致仕。 ③许和子:唐代著名宫廷歌手。江西永新县人。乐工之女。开元末,选入宫,为宜春院内人,改名永新。永新美而慧,善歌,能变新声。喉转一声,响传九陌。以此大受宠爱。玄宗尝对左右曰:"此女歌直千金。"(《乐府杂录》)此以许和子喻尹春之善歌。 《永新歌》:以永新之名而沿为歌曲之名。(《唐音癸签》卷十三)此喻尹春所唱之歌。 ④韦青将军:唐玄宗时著名歌者。本士人,官至金吾将军。安史乱后,六宫星散,永新归一士人。韦

青避地广陵(今江苏扬州),因月夜凭栏于小河之上。忽闻舟中奏《水调》者,曰:"此永新也。"乃登舟省之,相对而泣。作者此以自喻。尹春唱得悲壮淋漓,作者亦感慨万千。　⑤红红:姓张,唐代著名宫廷歌手。大历年间,与其父卖唱于长安街头。为韦青所识,纳为妾,韦青尽传其艺。红红听歌,能以小豆数合记其节拍,复歌时一声不失。后被召入宜春院,宠泽隆异,宫中称"记曲娘子"。寻为才人。闻韦青死讯,一恸而绝。赠昭仪。(《乐府杂录》)　采春:姓刘,唐代歌女,善唱《罗唝曲》,闻者流涕。(《云溪友议》卷九)　⑥奈何:动情而不能自已之意。《世说新语·任诞》:"桓子野每闻清歌,辄唤'奈何'。谢公闻之,曰:'子野可谓一往有深情。'"　⑦江南断肠句:见前注。此指《荆钗记》的演出,令人无限感慨而至肠断。　⑧张维则:待查。《崇祯忠节录》有"张维则",书未见。　⑨监司:监察府、州、县属吏的官员。如明之提刑按察使,清之布政使、兵备道等,皆称监司。

　　李十娘,名湘真,字雪衣。在母腹中,闻琴歌声,则勃勃欲动。生而娉婷娟好,肌肤玉雪,既含睇兮又宜笑①。殆《闲情赋》所云"独旷世而秀群"者也②。性嗜洁。能鼓琴清歌。略涉文墨,爱文人才士。所居曲房秘室,帷帐尊彝,楚楚有致。中构长轩。轩左种老梅一树,花时香雪霏拂几榻;轩右种梧桐二株,巨竹十数竿。晨夕洗桐拭竹,翠色可餐。入其室者,疑非人境。余每有同人诗文之会,必主其家。每客用一精婢侍砚席、磨隃糜、爇都梁、供茗果③。暮则合乐酒宴,尽欢而散。然宾主秩然,不及于乱。于时流寇讧江北④,名士渡江侨金陵者甚众,莫不艳羡李十娘也。十娘愈自闭匿,称善病,不妆饰,谢宾客。阿母怜惜之,顺适其意,婉语辞逊,弗与通。惟二三知己,则欢情自接,嬉怡忘倦矣。后易名贞美,刻一印章曰"李十贞美之印"。余戏之曰:"美则有之,贞则未也。"十娘泣曰:

"君知儿者,何出此言?儿虽风尘贱质,然非好淫荡检者流,如夏姬、河间妇也⑤。苟儿心之所好,虽相庄如宾,情与之洽也;非儿心之所好,虽勉同枕席,不与之合也。儿之不贞,命也!如何?"言已,涕下沾襟。余敛容谢之曰:"吾失言,吾过矣!"十娘有兄女曰媚姐,十三才有余,白皙,发覆额,眉目如画。余心爱之。媚亦知余爱,娇啼宛转,作掌中舞⑥。十娘曰:"吾当为汝媒。"岁壬午⑦,入棘闱⑧。媚日以金钱投琼⑨,卜余中否。及榜发,落第。余乃愤郁成疾,避栖霞山寺⑩,经年不相闻矣。鼎革后,泰州刺史陈澹仙寓丛桂园⑪,拥一姬,曰姓李。余披帏见之,媚也。各黯然掩袂。问十娘,曰:"从良矣。"问其居,曰:"在秦淮水阁⑫。"问其家,曰:"已废为菜圃。"问:"老梅与梧、竹无恙乎?"曰:"已摧为薪矣。"问:"阿母尚存乎?"曰:"死矣。"因赠以诗曰:"流落江湖已十年,云鬟犹卜旧金钱。雪衣飞去仙哥老⑬,休抱琵琶过别船⑭。"

①含睇(dì):流盼。《楚辞·九歌·山鬼》:"既含睇兮又宜笑,子慕予兮善窈窕。" ②《闲情赋》:东晋陶潜著。开头四句为:"夫何怀逸之令姿,独旷世而秀群。表倾城之艳色,期有德于传闻。" ③磨隃糜:磨墨。隃糜,县名。故址在今陕西省千阳县东。汉置,晋废。其地产墨,古诗文中常以隃糜代墨。 爇(ruò)都梁:燃香。爇,点燃,火烧。都梁,香名。《广志》:"都梁香出交、广,形如藿香。"古诗有云:"博山炉中百和香,郁金苏合与都梁。"(转引自《诗话总龟》卷二《博识》)④流寇讧江北:指李自成、张献忠率领的农民军崇祯八年(1635)至九年(1636)间在江北的活动。《明史·庄烈帝纪》:八年春正月丙寅,"张献忠陷凤阳,焚皇陵楼殿。"《国榷》卷九十四:"(九年)元旦,李自成克和州,陈兵逼江浦。" ⑤夏姬:春秋时郑穆公之女。据《左传》宣公九年所记,夏姬之夫御叔死后,陈灵公、孔宁、仪行父等陈国君臣慕其美艳,与

之私通。夏姬历来被视为"淫妇"的代表。　　河间妇：淫妇。其事见唐柳宗元《河间传》："虽戚里为邪行者，闻河间之名，则掩鼻蹙頞皆不欲道也。"　　⑥掌中舞：即掌上舞，极言其体态之轻盈。《杨太真外传》引《汉成帝内传》："汉成帝获飞燕，身轻欲不胜衣。恐其飘翥，帝命造水晶盘，令宫人掌之而歌舞。"《白氏六帖》卷十八《舞》："赵飞燕体轻，能为掌上舞。"　　⑦壬午：崇祯十五年（1642），时澹心二十七岁。　　⑧棘闱：试院，因围墙皆插棘，故称棘院，又称棘闱。《旧五代史·和凝传》："主司每放榜，则围之以棘，闭省门，绝人出入以为常。"此指余澹心参加崇祯壬午南都乡试。　　⑨投琼：掷骰子。范成大《上元记吴下节物排谐体三十二韵》："酒垆先迭鼓，灯市早投琼。"自注："腊月即有灯市。珍奇者数人酿买之，相与呼卢彩，胜者得灯。"此处指用铜钱掷之，视正、背面，以占卜吉凶成败。　　⑩栖霞山寺：在南京城外栖霞山之凤翔峰下，是著名江南古刹。南齐永明元年（483），隐士明僧绍舍宅为寺。僧绍号栖霞，寺因称栖霞精舍。唐高宗时，正式定名为隐君栖霞寺。它与山东长清灵岩寺、湖北荆州玉泉寺、浙江天台国清寺，并称唐代"四大丛林"。　　⑪陈澹仙：陈素，字澹仙，一字元白，号大淳，又号天山道人。浙江桐乡人。崇祯七年（1634）进士，授开州知州，复补泰州。乙酉后，被枉破家，流离羁旅而卒。　　⑫秦淮水阁：又称秦淮水亭、丁家水阁。据《续本事诗》，水阁在"青溪笛步之间"，地在今利涉桥东侧桃叶渡。参见下卷有关之注。　　⑬雪衣：《乐府杂录》："天宝中，岭南献白鹦鹉，养之宫中，岁久颇聪慧，洞晓言词。上及贵妃皆呼为'雪衣女'。"此指李十娘。十娘字雪衣，已"从良"，故曰"飞去"。　　仙哥：《北里志·天水仙哥》："天水仙哥，字绛真。住于南曲中。善谈谑，能歌。令常为席纠，宽猛得中。"此喻李媚。　　⑭"休抱"句：唐白居易作《琵琶行》诗，叙述一位长安教坊倡女年老色衰，嫁与商人，独守空船。过别船，指到诗人船上奏琵琶。

　　葛嫩，字蕊芳。余与桐城孙克咸交最善①。克咸名临，负

文武才略。倚马千言立就②;能开五石弓,善左右射。短小精
悍,自号"飞将军"③。欲投笔磨盾,封狼居胥④,又别字曰武
公。然好狭邪游,纵酒高歌,其天性也。先昵珠市妓王月⑤。
月为势家夺去,抑郁不自聊,与余闲坐李十娘家。十娘盛称葛
嫩才艺无双,即往访之。阑入卧室⑥,值嫩梳头,长发委地,双
腕如藕,面色微黄,眉如远山⑦,瞳人点漆⑧。叫声"请坐"。克
咸曰:"此温柔乡也⑨,吾老是乡矣!"是夕定情,一月不出,后
竟纳之闲房⑩。甲申之变⑪,移家云间⑫。间道入闽⑬,授监中
丞杨文骢军事⑭。兵败被执,并缚嫩。主将欲犯之。嫩大骂,
嚼舌碎,含血喷其面。将手刃之⑮。克咸见嫩抗节死,乃大笑
曰:"孙三今日登仙矣!"亦被杀。中丞父子三人同日殉难。

①孙克咸:孙临(1611—1646),字克咸,一字武公。安徽桐城人。明
兵部侍郎孙晋弟。贡生。娶同邑方孔炤之女为妻。著名明末四公子之
一方以智乃其舅兄。顺治二年(1646)闰六月十五日,唐王朱聿键称帝
于福州,改元隆武。杨文骢被封为兵部右侍郎,孙临任监军副使。清军
攻衢州,杨文骢败,退军至浦城,被追及。"君知不免,与妻方孺人诀曰:
'吾与杨君举事,义不令杨君独死。汝自为计,觅路归报太夫人可耳。'
骑至,问君为谁。君抗言曰:'我监军副使孙某也。'遂缚去,与文骢同
死,横尸道上。"(《田间文集》卷二十一) ②倚马:典出《世说新语·文
学》:桓温北征,令袁宏倚马前作露布文。袁宏"手不辍笔,俄得七纸,殊
可观。" ③飞将军:《史记·李广传》:"广居右北平,匈奴闻之,号曰
'汉之飞将军',避之数岁,不敢入。" ④封狼居胥:汉元狩四年(前
119),汉名将霍去病在狼居胥山上积土以行封山仪式。这是对匈奴作
战取得重大胜利的标志。(见《汉书·霍去病传》)。 ⑤王月:事见
后。 ⑥阑入:擅入。《汉书·成帝纪》:"阑入尚方掖门。"颜师古注
引应劭曰:"无符籍妄入宫曰阑。" ⑦眉如远山:典出《西京杂记》卷

二:"(卓)文君姣好,眉色如望远山。"　　⑧瞳人点漆:形容眼珠乌黑明亮。《世说新语·容止》:"王右军见杜弘治,叹曰:'面如凝脂,眼如点漆,此神仙中人。'"瞳人,即瞳仁。　　⑨温柔乡:喻美色迷人之境,此处指得到所钟爱的女子。伶玄《飞燕外传》:"是夜,(后)进合德,帝大悦。以辅属体,无所不靡,谓为温柔乡。谓嫕曰:'吾老是乡矣,不能效武皇帝更求白云乡也。'"　　⑩闲房:避人而独处之房。与宠之专房意同。⑪甲申之变:崇祯十七年(1644)三月,李自成率农民军攻占北京,推翻明朝统治。五月,马士英等拥立福王,在南京建立弘光小朝廷,重新煽起党祸,排斥、迫害东林与复社成员。　　⑫云间:松江之古称。孙临移家云间的时间,据方以智《流离草·孙克咸死难闽中至今始悉余妹艰难万状抱子以归桐哭而书此》自注:"甲申之秋,别克咸与予妹于云间。"(《方以智密之诗抄》)则应是崇祯十七年甲申八、九月。时阮大铖出任福王政权兵部右侍郎。　　⑬间道:僻路,小道。《史记·淮阴侯列传》:"选轻骑二千人,人持一赤帜,从间道草山而望赵军。"　　⑭杨文骢(1597—1646):字龙友。贵阳人。万历四十六年(1618)举人,授华亭教谕,迁江宁知县。福王时,擢右佥都御史,巡抚苏、松、常、镇、扬五府,监军京口。唐王继位,授官兵部右侍郎。顺治三年(1646)七月,奉命援守衢州。兵败,退至浦城。被俘,不屈而死。　　⑮关于葛嫩之死,《杂记》所记,是清代所公认者。然有另一说。孙临之玄孙孙颜,字咫庵。乾隆二十六年辛巳(1761)进士。他的《读板桥杂记有感》诗自注说:"姬姓葛氏,名嫩,字蕊芳。先节愍公纳为侧室。及举义云间,以饷乏登岸,葛在舟中。适有盗登舟,欲犯之,遂赴水死。"并称:"《板桥杂记》所载与家乘不合,故附识之。"(《清诗纪事·乾隆卷》)孙颜所说的"家乘"是否属实,二者孰是孰非,不敢妄断,录以备考。但孙颜所处的时代是清文字狱最酷烈的时代,这是不应忘记的。

　　李大娘,一名小大,字宛君。性豪侈,女子也,而有须眉丈夫之气。所居台榭庭室,极其华丽,侍儿曳罗縠者十余人。置

酒高会,则合弹琵琶、筝,或狎客沈云、张卯、张奎数辈,吹洞
箫、笙管,唱时曲。酒半,打十番鼓①。曜灵西匿②,继以华灯。
罗帏从风,不知喔喔鸡鸣,东方既白矣。大娘尝言曰:"世有游
闲公子、聪俊儿郎,至吾家者,未有不荡志迷魂、沉溺不返者
也。然吾亦自逞豪奢,岂效龊龊倚门市娼,与人较钱帛哉③!"
以此,得"侠妓"声于莫愁、桃叶间④。后归新安吴天行⑤。或云
吴大年。天行钜富,赀产百万;体羸,素善病,后房丽姝甚众,疲
于奔命。大娘郁郁不乐。曩所欢胥生者,赂仆婢,通音耗。渐
托疾,客荐胥生能医,生得入见大娘。大娘以金珠银贝纳药笼
中,挈以出,与生订终身约。后天行死,卒归胥生。胥生本贫
士,家徒四壁立,获吴氏资,渐殷富,与大娘饮酒食肉相娱乐,
教女娃数人歌舞。生复以乐死。大娘老矣,流落闾阎⑥,仍以
教女娃歌舞为活。余犹及见之⑦,徐娘虽老,尚有风情⑧。话
念旧游,潸然出涕,真如华清宫女说开元、天宝遗事也。昔杜
牧之于洛阳城东重睹张好好,感旧伤怀,题诗以赠⑨,末云:
"朋游今在否,落拓更能无。门馆恸哭后,水云秋景初。斜日
挂衰柳,凉风生座隅。洒尽满襟泪,短歌聊一书。"正为今日而
说。余即书于素扇以贻之。大娘捧扇而泣,或据床以哦,哀动
邻壁。

①十番鼓:器乐名。"只用笛、管、箫、弦、提琴、云锣、汤锣、木鱼、檀
鼓、大鼓十种,故名十番鼓。番者,更番之谓。"(《扬州画舫录》卷十一,
又见《茶香室丛钞》卷十八)　②曜灵:太阳。《楚辞·天问》:"角宿未
旦,曜灵安藏?"　③关于李小大"自逞豪奢",冒襄(辟疆)有过一段记
叙:"余庚午与君家龙侯、超宗追随旧院。其时,名姝擅举者何止十数
辈。后次尾、定生、密之、克咸、勒卣、舒章、渔仲、朝宗、湘客、惠连、年
少、百史、如须辈,咸把臂同游,眠食其中,各踞一胜,共赌欢场。余之淹

留大约在寒秀斋某楼为久。寒秀斋,李小大读书处。李小大之名,直接湘兰。定生送之,屡送过千七百金,犹未轻晤,其人可知也。崇祯初,已归大商。吴曲中盛名大家,必推李氏诸妹。"(《同人集》卷十一)陈定生是明末著名四公子之一陈贞慧,"屡送过千七百金,犹未轻晤",其身价之高与择人之严,可知也。　④莫愁:莫愁湖,在南京水西门外。南唐以前,这里原为秦淮河入长江处,后江水西徙,渐成湖泊。明正德十六年(1521)刊《正德江宁县志》卷二:"莫愁湖,在县西京城三山门外。莫愁,卢氏妓,时湖属其家,因名。"三山门即今水西门。　桃叶:桃叶渡。莫愁、桃叶间,即指南京秦淮河一带。　⑤新安:今安徽歙县。⑥阛阓(huán huì):街市。左思《蜀都赋》:"阛阓之里,伎巧之家,百室离房,机杼相和。"　⑦余犹及见之:或指顺治十四年(1657)之事。当年,李小大参加了龚鼎孳为顾媚举办的生辰宴会,澹心也在。又,据《续本事诗》卷七记:"小大国变后为女道士,名净持。顺治丁酉,蒙叟到金陵,相遇于秦淮水亭。"蒙叟,钱谦益。钱十月在金陵,与李小大相见后,赠诗十二首。之一:"不裹宫妆不女冠,相逢只作道人看。水亭十月秦淮上,作意西风打面寒。"之三:"旗亭宫柳锁朱扉,宫蜡膏残别我归。今日逢君重寄取,横波光在旧罗衣。"之五:"棋罢歌残抱影眠,冰床雪被旧姻缘。如今老去翻惆怅,重对残缸说往年。"然从所引杜诗看,余见李似在秋日。　⑧"徐娘"二句:典出《南史·梁元帝徐妃传》:季江曰:"徐娘虽老,犹尚多情。"　⑨事见杜牧《张好好诗序》。张好好,江西南昌人。"年十三,以善歌来乐籍中"。大和三年,杜牧在沈传师幕下见之。十六岁,被人纳为小妾。又二年,十八岁,杜牧重见之于洛阳东城,"感旧伤怀,故题诗赠之"。

　　顾媚,字眉生,又名眉。庄妍靓雅,风度超群。鬓发如云,桃花满面。弓弯纤小,腰支轻亚。通文史,善画兰,追步马守真,而姿容胜之。时人推为南曲第一。家有眉楼①,绮窗绣帘。牙签玉轴,堆列几案;瑶琴锦瑟,陈设左右。香烟缭绕,檐

马丁当②。余尝戏之曰:"此非眉楼,乃迷楼也③。"人遂以"迷
楼"称之。当是时,江南侈靡。文酒之宴,红妆与乌巾紫裘相
间④,座无眉娘不乐。而尤艳顾家厨食,品差拟郇公、李太
尉⑤,以故设筵眉楼者无虚日。然艳之者虽多,妒之者亦不
少。适浙东一伧父,与一词客争宠⑥,合江右某孝廉互谋,使
酒骂座,讼之仪司,诬以盗匿金犀酒器,意在逮辱眉娘也。余
时义愤填膺,作檄讨罪,有云:"某某本非风流佳客,谬称浪子、
端王⑦。以文鸳彩凤之区,排封豕长蛇之阵⑧;用诱秦诓楚之
计⑨,作摧兰折玉之谋。种凤世之孽冤,煞一时之风景"云云。
伧父之叔为南少司马⑩,见檄,斥伧父东归,讼乃解。眉娘甚
德余,于桐城方瞿庵堂中⑪,愿登场演剧为余寿。从此摧幢息
机⑫,矢脱风尘矣⑬。未几,归合肥龚尚书芝麓⑭。尚书雄豪
盖代,视金玉如泥沙粪土。得眉娘佐之,益轻财好客,怜才下
士,名誉盛于往时⑮。客有求尚书诗文及乞画兰者,缣笺动盈
箧笥,画款所书"横波夫人"者也⑯。岁丁酉⑰,尚书挈夫人重
过金陵,寓市隐园中林堂⑱。值夫人生辰,张灯开宴,请召宾
客数十百辈,命老梨园郭长春等演剧。酒客丁继之、张燕筑及
二王郎中翰王式之、水部王恒之,串《王母瑶池宴》⑲。夫人垂珠
帘,召旧日同居南曲呼姊妹行者与燕,李大娘、十娘、王节娘皆
在焉。时尚书门人楚严某⑳,赴浙监司任,逗留居樽下,褰帘
长跪,捧卮称:"贱子上寿!"坐者皆离席伏。夫人欣然为罄三
爵,尚书意甚得也。余与吴园次、邓孝威作长歌纪其事㉑。嗣
后,还京师,以病死㉒。敛时,现老僧相。吊者车数百乘,备极
哀荣。改姓徐氏,世又称徐夫人。尚书有《白门柳传奇》行于
世。

①眉楼:原址当在旧院大街东,距古桃叶渡口不远处。陈文述《青溪访顾眉生眉楼遗址》:"舣棹青溪水阁头,居人犹说旧眉楼。"诗前序云:"所居曰眉楼,在青溪桃叶间。"(《秣陵集》卷六）　②檐马:悬挂在屋檐下的风铃,又叫铁马。《芸窗私志》:"元帝作薄玉龙数十枚,以绣线悬于檐外,名曰檐马。今之铁马,其遗制也。"《随园诗话》卷二:"蒋廷镕有句云:'自从环佩无消息,檐马丁当不忍听。'"　③迷楼:隋炀帝在扬州所建的宫殿名。《古今诗话》记,炀帝在扬州建新宫。新宫既成,"帝幸之,顾左右曰:'使真仙游其中,亦当自迷也。可目之曰迷楼。'"
④红妆:妇女盛妆。《木兰诗》:"阿姊闻妹来,当户理红妆"。此代指美女。　乌巾紫裘:乌巾,乌纱帽。紫裘,贵官公服。此代指贵官。
⑤郇公:指韦陟。《新唐书·韦安石传》:韦陟,字殷卿。京兆万年(今陕西西安)人。韦安石子。累官礼、吏二部尚书,袭封郇国公。他性好奢靡,"穷治馔羞。……宴公侯家,虽极水陆,曾不下筯。"又,《全唐诗》卷八七六:"韦陟袭父安石封郇国公。府中饮食香味错杂,人或入其中,多饱饫而归。俗语云:'人欲不饭筋骨舒,夤缘须入郇公厨。'"　李太尉:李德裕(787—850),字文饶。赵郡(今河北赵县)人。唐武宗时,以同平章事执掌政柄,加太尉,赐爵卫国公。后因党争,贬官崖州而死。《太平广记》卷二三七引《独异志》:"武宗朝,宰相李德裕奢侈。每食一杯羹,其费约三万。为杂以珠玉、宝贝、雄黄、朱砂,煎汁为之。"　⑥词客:指刘芳。孟森《横波夫人考》引吴德旋《闻见录》,以为钱湘灵之友刘芳,"所谓宠顾之词客,其人也。"(《心史丛刊》二集)钱湘灵,即钱陆灿(1612—1698),字圆沙,一字尔弢,号湘灵。常熟人。据说,刘芳后为顾殉情而死,湘灵经理其丧事。(同上)　⑦浪子:指宋李邦彦(?—1130),字士美,怀州(今河南沁阳)人。俊爽美风姿,应对便捷,善讽谑,能蹴鞠。每缀街市俚语为辞曲,人争传之。自号"李浪子"。后官少宰,又升太宰。惟阿顺趋谄,充位而已。都人目为"浪子宰相"。南宋初,贬谪桂林而死。　端王:即宋徽宗赵佶。登基前为端王。他深通百艺,尤工书画,瘦金书与写生花鸟在书画史上均颇著名。　⑧封豕:大豕。

《左传·定公四年》:"吴为封豕长蛇,以荐食上国。"申包胥乞师于秦,以"封豕长蛇"喻吴国之贪暴。"排封豕长蛇之阵",则喻"伧父"在旧院眉楼这"文鸳彩凤"栖息的地方,竟然布置下如此贪暴野蛮的陷阱。

⑨诱秦诓楚之计:指战国时期之策士张仪,去秦相楚,以秦"商於之地六百里"诱骗楚怀王与齐绝交之事。尔后(前312年),楚秦在丹阳、蓝田两次大战,楚均大败,国力严重削弱。(《资治通鉴》卷三)此喻"伧父"以骗术图谋"摧兰折玉",即逮辱顾媚。 ⑩南少司马:南京兵部侍郎,尝为南京兵部尚书范景文的副职。孟森说:"澹心为南大司马范景文幕宾,此中不无凭藉,以故讼事易解。"(《横波夫人考》)按:此案发时,范已削职闲居南京。 ⑪方瞿庵:即方应乾,号瞿庵,桐城人。 澹心生辰为七月十四日,在方瞿庵堂中为之庆寿,当在崇祯十二年(1639)。

⑫摧幢:摧折旗帜。幢,有羽毛装饰的旌旗。 息机:摆脱世务,停止活动。摧幢息机,意为隐藏行迹,闭户谢客。 ⑬矢:誓。《诗·卫风·考槃》:"独寐寤言,永矢弗谖。" ⑭龚尚书芝麓:龚鼎孳(1615—1673),字孝升,号芝麓。安徽合肥人。明崇祯七年(1634)进士,官兵科给事中。后降清。康熙间累官左都御史,礼部尚书。卒谥端毅。博学洽闻,善书画,尤工诗文,为清初江左三大家之一。龚、顾相识于崇祯十二年(1639),十六年(1643)成婚。清人程春庐之侄世樾,藏有《顾横波小像》一幅,"丰姿嫣然,呼之欲出"。乃崇祯十二年七夕后二日,王朴在眉楼所绘。像左方有龚鼎孳题诗一首:"腰姈杨枝发姈云,断魂莺语夜深闻。秦楼应被东风误,未遣罗敷嫁使君。"又一首为顾媚所题:"识尽飘零苦,而今始得家。灯煤知妾喜,特著两头花。"时间是"庚辰(崇祯十三年,1640)正月廿三日灯下"。(《冷庐杂识节录》,《香艳丛书》第六集卷二)据此,时龚、顾已定情。 ⑮关于这方面的资料较多。《秦淮广纪》卷二之四引《诗话》:"龚尚书在京师,四方名士尊如泰斗。夫人复左右之。阅朱竹垞词,有'风急也声声雨,风定也声声雨'之句,遂以为才子,厚赀其旅费。阎古古遭名捕,夫人脱之。夫人殁后,尚书同古古夜集诗。后二律云:(第一首略)'二十余年感逝波,春风巷陌夕阳多。唾壶声急江

潮断,金马吟成铁骑过。巴蜀有人传锦字,鄢陵何地问云罗? 伤心青眼綦巾者,不见吾曹击筑歌。'小注:'追忆善持君每佐予急友朋之难,今不可复见矣。'"　⑯横波夫人:顾媚脱离乐籍,与龚结婚,改姓徐,名横波,字智珠。龚称顾为善持君,府内称其为善持夫人。因此,她书画落款多用"横波夫人"。　⑰岁丁酉:顺治十四年(1657)。顺治十二年,龚遭厄运,降八级,后又降二级。十三年四月,补官上林苑蕃育署署丞,奉命南下入粤。十四年丁酉,自粤返,在南京逗留。十一月三日,为顾媚祝寿。此后,始北上回京师。本文之"重过金陵"指此时。　⑱市隐园:在今南京市长乐路武定桥东南油坊巷。《金陵诗征》卷二十一:"吾乡姚元白氏辟园于秦淮之东,东桥顾尚书题曰'市隐',盖取大隐隐朝市之义。"　中林堂:市隐园之一景。　⑲王式之:王民,原名度,字式之,一字玉式。江宁(今南京市)人。官明中书舍人(即中翰)。工书。甲申后放情音乐,隐于朝天宫院。年八十余卒。有诗集。(《金陵诗征》卷三十四,《明遗民诗》卷十)《定山堂全集》卷十、卷二十一均有龚、王交往之诗。钱谦益《牧斋有学集》卷六《王式之参军五十》:"乌衣燕子绕庭除,昔日王郎鬓未疏。玉匣长临修禊帖,银钩戏草吓蛮书。薄寒残醉催丝管,微雨新晴御板舆。渌酒红楼春渐好,落梅歌发落灯初。"则王民为善书与善歌者。　王恒之:待查。据小注官水部,即都水司官员。《王母瑶池宴》:杂剧名。　⑳楚严某:严正矩,字方公,号絮庵。湖北孝感人。明崇祯九年(1636)举人,十六年进士。顺治初,官嘉兴府推官,累官户部左侍郎。　㉑吴园次:吴绮(1619—1694),字园次,号丰南,一号听翁,又号红豆词人。歙县籍江都(今江苏扬州)人。顺治贡生,官中书。康熙五年(1666),官湖州知府,八年己酉,被劾去官。　邓孝威:邓汉仪(1617—1689),字孝威,一字旧山农,号钵叟。江苏泰州人。工诗。康熙间荐试博学鸿儒,授中书。　㉒顾媚病逝于康熙二年(1663),时龚鼎孳已重新起用,官左都御史。

顾眉生既属龚芝麓,百计祈嗣,而卒无子①。甚至雕异香木为男,四肢俱动,锦绷绣褓,顾乳母开怀哺之。保母褰襟作便溺状。内外通称"小相公",龚亦不之禁也。时龚以奉常寓湖上②,杭人目为"人妖"。后龚竟以顾为亚妻。元配童氏,明两封孺人③。龚入仕本朝,历官大宗伯④。童夫人高尚,居合肥,不肯随宦京师。且曰:"我经两受明封,以后本朝恩典,让顾太太可也。"顾遂专宠受封。呜呼! 童夫人贤节过须眉男子多矣⑤!

①顾媚与龚鼎孳仅生一女,数月而殇。《昭代丛书》本只留有"百计祈嗣,而卒无子"八字,而无本段其余文字。对此,孟森在《横波夫人考》中以为:"此则张潮刻《杂记》入《昭代丛书》删去不载,盖为龚讳也。"今据《说铃》本补。 ②奉常:官名,秦置,九卿之一,掌宗庙礼仪。汉更名太常。顺治二年(1645)九月,龚迁太常寺少卿。三年六月,丁父忧,南归。直至顺治八年始北行。在这期间,龚与顾多寓西湖之滨。故《杂记》称龚为奉常。 ③孺人:明清时,官吏之妻受封,七品以下封孺人。 ④大宗伯:古六卿之一,掌礼制。后称礼部尚书为大宗伯。康熙八年(1669),龚转任礼部尚书,故以称之。 ⑤这是澹心的慨叹之词,用意颇深。它委婉地指出,龚鼎孳虽位极人臣而又才华横溢,也做过不少好事,但曾为明朝官吏而降清,"大节"有亏,与不受清封的妻子相比,这一点是远远不及的。对自己的好友也不护短,《杂记》堪称直笔。

董白,字小宛,一字青莲。天姿巧慧,容貌娟妍。七、八岁时,阿母教以书翰,辄了了①。稍长,顾影自怜。针神曲圣、食谱茶经②,莫不精晓。性爱闲静,遇幽林远涧、片石孤云,则恋恋不忍舍去;至男女杂坐,歌吹喧阗,心厌色沮,意弗屑也。慕吴门山水,徙居半塘,小筑河滨,竹篱茅舍。经其户者,则时闻歌诗声或鼓琴声,皆曰:"此中有人。"已而,扁舟游西子湖,登黄山,礼白岳③,仍归吴门。丧母、抱病,画楼以居。随如皋冒辟疆过惠山④,历澄江、荆溪⑤,抵京口⑥,陟金山绝顶⑦,观大江竞渡以归。后卒归辟疆为侧室⑧。事辟疆九年,年二十七,以劳瘵死⑨。死时,辟疆作《影梅庵忆语》二千四百言哭之⑩。同人哀辞甚多,惟吴梅村宫尹十绝句⑪,可传小宛也。存其四首云:"珍珠无价玉无瑕,小字贪看问妾家。寻到白堤呼出见⑫,月明残雪映梅花。"又云:"《念家山破》《定风波》⑬,郎按新词妾按歌。恨杀南朝阮司马⑭,累侬夫婿病愁多。"又云:"乱梳云髻下妆楼,尽室仓皇过渡头。钿盒金钗浑抛却,高家兵马在扬州⑮。"又云:"江城细雨碧桃村,寒食东风杜宇魂⑯。欲吊薛涛怜梦断⑰,墓门深更阻侯门。"

①了了:明瞭。《世说新语·言语》:"小时了了,大未必佳。"
②针神:针工之极精妙者。王嘉《拾遗记》卷七:魏文帝所爱美人薛灵芸,帝改名曰夜来。"妙于针工。虽处于深帷重幄之内,不用灯烛之光,裁制立成。……宫中号曰'针神'。"　曲圣:指各种乐曲弹奏十分熟练者。　③白岳:山名,在安徽休宁县西四十里。山峰独耸,山势险峻秀奇。　④冒辟疆:冒襄(1611—1693),字辟疆,号巢民,又号朴巢,私谥潜孝先生。江苏如皋人。明末著名四公子之一。副贡,授官司李,不就。入清,屡荐不出。举止蕴藉,吐纳风流,工诗文,才名远播。家有水绘园,是四方宾客会聚之所。　惠山:一名慧山,在江苏无锡市西。相传西域僧人慧照居此,故名。山东麓有天下第二泉,闻名于世。又有著名园林寄畅园。　⑤澄江:江阴县旧北门外有澄江,入长江。《江阴县志·卷首》之《施志序》云:"大江自京口委折而南,浩淼澎湃,势益壮。越数百里,聚为澄江之区。"因而县北门旧称澄江门,宋元置澄江驿,江阴俗称澄江。　荆溪:河名。源出高淳之胥溪河,汇诸水经溧阳东流,

在宜兴境内大埔附近入太湖。以近荆南山得名。　　⑥京口：镇江古称，以京岘山得名。孙权时曾筑城于此，依山临江，称京城。东晋、南朝时通称京口。　　⑦金山：江苏镇江之名山，佛教胜地。本在江中，称浮玉山。唐时，以裴头陀开山得金，称为金山。冒、董上述数地之游，时在崇祯十五年（1642）。　　⑧董小宛归冒辟疆，时在崇祯十五年秋末。秋试榜发，冒襄中副榜后返乡。钱谦益偕柳如是亲至苏州半塘，花费三千两银之巨赀，为董小宛脱乐籍，偿债务，又买舟送往如皋，与冒完婚。此事时颇为人称道。　　⑨据孟森先生考订，董小宛生于天启四年（1624），病逝于顺治八年（1651）正月，得年二十有八。（《董小宛考》，《心史丛刊》三集）　　⑩董小宛死后，葬影梅庵旁。冒襄著《影梅庵忆语》记叙董小宛生平及在如皋生活的情况颇详。《忆语》收入《香艳丛书》第三集卷一。　　⑪吴梅村：吴伟业（1609—1672），字骏公，号梅村。江苏太仓人。崇祯四年（1631）一甲二名进士，授编修，历官少詹事。顺治间应诏入京，官国子监祭酒。学识渊博，尤工诗，为江左三大家之一。少詹事为太子府属官，古代亦称宫尹。　　十绝句：包括《题冒辟疆名姬董白小像八首并序》与《又题董君画扇二首》共十首绝句。《杂记》所录为前八首中之第二、六、七、八四首。　　⑫白堤：吴梅村原注云："余向赠诗有'今年明月长洲白'之句，白堤即其家也。"据《吴梅村诗集笺注》引《一统志》，白堤在长洲县西北虎丘山塘。董小宛居吴门，家此。崇祯十五年壬午（1642）春，冒辟疆至苏州寻访董小宛，在此重见并定情。
⑬《念家山破》：曲名。　《定风波》：词牌名。　　⑭南朝：南明弘光政权。　阮司马：指阮大铖（1587—1646），字集之，号圆海，一号石巢，又号百子山樵。安徽怀宁人。万历四十四年（1616）进士。天启间自附魏忠贤，旋被劾罢官。崇祯元年，官光禄卿。福王时，马士英执政，阮大铖任兵部尚书，故称阮司马。弘光元年（1645）五月，清军入南京，逃往浙江，后乞降死。甲、乙之际，马、阮勾结，重燃党祸，肆意迫害东林与复社成员。冒襄在大搜捕中侥幸逃离南都。余澹心回忆这段历史时说："及至皇舆倾复，江南建国，权奸握柄，引用险人。阉儿得志，修怨报仇，目余

辈为党魁,必尽杀乃止。余以营救周(镳)、雷(縯祚)两公,几不免虎口;巢民亦以名捕,跳身幸脱罗网。"(《冒巢民先生七十寿序》,《同人集》卷二)　⑮"高家"句:指高杰所率部队在扬州城外烧杀抢掠,争城夺地之事。高杰,字英吾,米脂(今属陕西)人。初为李自成先锋,崇祯七年(1634),降明将贺人龙。甲申(1644)春,率其部李成栋、杨绳武等十三总兵四十余万人,鼓行而南,沿途大掠。"抵扬州,焚掠城外。"欲入城,被拒,乃纵兵攻城,多所杀掠。"四月廿八日,围扬州。史可法解之,移驻瓜洲。"(《小腆纪年附考》卷五,《明季南略》卷一)　⑯寒食:节令名。清明前二日,禁止举火,故称寒食。　杜宇:即杜鹃,一名子规。杜宇原是传说中的古蜀帝名,又称望帝。《成都记》称杜宇死后,其魂化为子规鸟。左思《蜀都赋》:"碧出苌弘之血,鸟生杜宇之魂。"此以"杜宇魂"喻董白悲苦而短促的一生。　⑰薛涛:(768—834?)字洪度。长安人。唐成都妓。熟谙音律,工诗词,色艺俱佳。武元衡奏为校书郎。元稹、白居易、杜牧等名诗人均与酬唱。晚年居浣花溪。

　　卞赛,一曰赛赛,后为女道士,自称玉京道人①。知书,工小楷,善画兰、鼓琴。喜作风枝袅娜,一落笔,画十余纸。年十八,游吴门,侨居虎丘②。湘帘棐几③,地无纤尘。见客,初不甚酬对;若遇佳宾,则谐谑间作,谈辞如云,一座倾倒。寻归秦淮。遇乱,复游吴。梅村学士作《听女道士卞玉京弹琴歌》赠之④,中所云"昨夜城头吹筚篥⑤,教坊也被传呼急。碧玉班中怕点留⑥,乐营门外卢家泣⑦。私更妆束出江边,恰遇丹阳下渚船。剪就黄绨贪入道⑧,携来绿绮诉婵娟⑨"者,正此时也。在吴作道人装,然亦间有所主。侍儿柔柔,承奉砚席如弟子,指挥如意,亦静好女子也。逾两年,渡浙江,归于东中一诸侯⑩。不得意,进柔柔当夕,乞身下发⑪。复归吴,依良医郑保御⑫,筑别馆以居。长斋绣佛,持戒律甚严。刺舌血,书《法华经》以报保御⑬。又十余年而卒⑭,葬于惠山祇陀庵锦树林。

①《梅村诗话》:"女道士卞玉京,字云装。白门人也。善画兰,能书,好作小诗。"　②侨居虎丘:《十美词记》:卞赛"寓虎丘山塘白公堤侧。慕而邀之者,香车画舫,不绝于道。常以金陵十竹斋小花笺、阊门白圆面筥画兰。""不好华饰,不轻与人狎。"(《香艳丛书》第一集卷一)③湘帘:斑竹帘。　栅几:以榧木为几。栅,同榧。　④《听女道士卞玉京弹琴歌》:吴伟业作于顺治七年(1650)秋末,见《梅村诗集》卷三。⑤筚篥:即觱篥,管乐之一种。段安节《乐府杂录》:"觱篥者,本龟兹国乐也,亦曰悲栗。有类于笳。"　⑥碧玉:人名,汝南王妾。后以婢女及贫寒之女为碧玉。《碧玉歌》:"碧玉小家女,不敢攀贵德。感郎千金意,惭无倾城色。"(《乐府诗集》卷四十五)碧玉班当指乐籍,卞在籍中。⑦乐营:乐籍女子所居处。　卢家:卢家之女。晋崔豹《古今注》卷三:"魏武帝时有卢女者,故将军阴并之姊。年七岁,入汉宫,学琴。琴特鸣,异于余妓。善为新声,能传此曲。卢女至明帝崩后出,嫁为尹更生妻。"古诗中常以卢女、卢家、卢姬代指色、艺俱佳之乐籍女子。⑧黄绨:黄色粗绸。此指卞著之道装。　⑨绿绮:汉司马相如有琴名绿绮(傅玄《琴赋序》),后用为琴的通称。　⑩东中一诸侯:指郑应皋,字建德,号慈卫,一号允生。　⑪"进柔柔"二句:谓卞玉京以侍儿柔柔代己奉侍郑应皋,自请落发为尼。下发,剃发。　⑫郑保御:郑应皋之宗人,名钦谕,字三山,号初晓道人。世业医,所得辄以济人。康熙初卒,年七十六。(参见《苏州府志》卷一一〇)　⑬"长斋"四句:据吴伟业《过锦树林玉京道人墓并传》,卞玉京此作用了三年时间。"既成,自为文序之。缁素咸奉手赞叹。"　⑭卞玉京死于顺治十七年(1660)。

玉京有妹曰敏,颀而白如玉肪,风情绰约,人见之,如立水晶屏也。亦善画兰鼓琴。对客为鼓一再行,即推琴敛手,面发赪色。画兰,亦止写筱竹枝、兰草二三朵,不似玉京之纵横枝叶、淋漓墨沈也。然一以多见长,一以少为贵,各极其妙,识者并珍之。携来吴门,一时争艳,户外屦恒满。乃心厌市嚣,归申进士维久①。维久宰相孙,性豪举,好宾客,诗文名海内,海内贤豪多与之游。得敏,益自喜,为闺中良友②。亡何,维久病且殁,家中替。敏复嫁一贵官颍川氏,官于闽。闽变起,颍川氏手刃群妾,遂自刭。闻敏亦在积尸中也③。或曰三年病死。

①申维久:申绖祚,字维久。吴县(今属江苏)人。顺治十二年(1655)进士。授推官。其祖申时行,字汝默。嘉靖四十一年(1562)进士第一,授修撰。万历间累官吏部尚书,建极殿大学士。申时行次子申用嘉,官广西参政。申用嘉九子,季子即申维久,故下云"宰相孙"。
②闺中良友:这是余澹心的看法。据吴伟业《画兰曲》:"闻道罗帏怨离索,麝媒鹅绢间尝作。又云憔悴非昔时,笔床翡翠多零落。"注云:"谓(卞敏)归维久不得志也。"(《吴梅村诗集笺注》卷九)　③据《闽难记》:康熙十三年春,耿精忠叛。"巡海道参议陈启泰驻漳州。闻变,同妻刘氏并妾二十余人皆投缳死。"(《中国野史集成》卷三十九)陈启泰,字大来。汉军镶红旗人。贡生。康熙三年,官福建漳南道,八年,转巡海道。十三年,精忠叛,妻刘及侍妾婢仆饮毒者二十余人。陈自绞死。(《清史稿》卷二五三)不知陈是否为所指之贵官,姑存待考。

范珏,字双玉①。廉静,寡所嗜好。一切衣饰、歌管艳靡纷华之物,皆屏弃之。惟阖户焚香瀹茗,相对药炉、经卷而已。性喜画山水,摹仿史痴、顾宝幢②,檐枬老树,远山绝涧,笔墨间有天然气韵,妇人中范华原也③。

①范珏:一名云。徐波(元叹)《赠范校书双玉》题记云:"双玉名云,秦淮女子。"(《续本事诗》卷七)范珏能诗。王士禛《秦淮杂咏》第十七首云:"北里新词那易闻,欲乘秋水问湘君。传来好句红鹦鹉,今日青溪有范云。"自注:"云字双玉,有《红鹦鹉诗》最佳。"(《渔洋山人诗集》卷十八) ②史痴:史忠,字廷直,自号痴翁。明上元(今江苏南京)人。善画,能为乐府新声。 顾宝幢:顾源,字清甫,号丹泉,更号宝幢居士。明上元(今江苏南京)人,锦衣卫籍。素性高雅,豪隽不群。宝幢之诗、书与画,不泥古法,山水自成一家,蹊径迥绝。 ③范华原:范宽,字仲立,本名中正。宋华原(今陕西耀县)人。风仪峭古,进止疏野,嗜酒落魄,不拘世故。画山水始师李成,又师荆浩。后卜居终南太华,遍观奇胜,落笔雄伟老硬,自成一家。见《宣和画谱》、《书影择录》。

顿文,字少文,琵琶顿老女孙也。性聪慧,识字义,唐诗皆能上口。授以琵琶,布指护索,然意弗屑,不肯竟学。学鼓琴,雅歌《三叠》①,清泠然,神与之浃②,故又字曰琴心云。琴心生于乱世,顿老赖以存活,不能早脱乐籍。赁屋青溪里③,荜门圭窦④,风月凄凉。屡为健儿、伧人所厄,最后为李姓者挟持,牵连入狱。虽缘情得保,犹守以牛头阿旁也⑤。客有王生者,挽余居间营救,偕往访之。风鬟雾鬓,憔悴可怜,犹援琴而鼓弹别凤离鸾之曲⑥,如猿吟鹃啼⑦,不忍闻也。余说内乡许公⑧,属其门生直指使者纵之,复还故居。吴郡王子其长主张燕筑家⑨,与琴心比邻,两相慕悦。王子故轻侠,倾金钱,赈其贫悴。将携归,置别室,突遭奇祸⑩。收者至,见琴心,诧曰:"此真祸水也⑪。"悯其非辜,驱之去,独捕王子。王子被戮,琴心逸,然终归匪人。嗟乎!佳人命薄,若琴心者,其尤哉!其尤哉!

①《三叠》:琴曲名,即《阳关三叠》,又名《阳关曲》。该曲以唐著名诗人王维《送元二使安西》(一曰《渭城曲》)诗为歌词,抒写离情别绪。②浃:通彻。　③青溪里:南京地名。《嘉庆重刊江宁府志》卷八:"今督署后有青溪里巷;想当为青溪经过处。"　④荜门圭窦:形容居所破陋。荜门,用荆条、竹子所编的门。圭窦,墙上凿洞,上锐下方,形似圭,故名。指穷苦住户之屋,窗洞极小。《左传·襄公十年》:"王叔之宰曰:'荜门闺窦之人而皆陵其上,其难为上矣!'"　⑤牛头阿旁:佛经中指地狱中的鬼卒牛头马面。《新唐书·路岩传》:"俄与韦保衡同当国。二人势动天下,时目其党为牛头阿旁,言如鬼阴恶可畏也。"　⑥别凤离鸾之曲:《西京杂记》卷二:"庆安世年十五,为成帝侍郎,善鼓琴,能为双凤离鸾之曲。"李贺《湘妃》:"离鸾别凤烟梧中,巫山蜀雨遥相通。"⑦猿吟鹃啼:形容曲调十分凄凉悲苦。猿吟,猿吟之声长而悲苦。郦道元《水经注》引川东民谚:"巴东三峡巫峡长,猿鸣三声泪沾裳。"鹃啼,杜鹃啼叫之声惨厉。《本草纲目》引唐陈藏器《本草拾遗》:"人言此鸟啼至血出方止。"白居易《琵琶引》:"其间旦暮闻何物?杜鹃啼血猿哀鸣。"⑧许公:许宸,河南内乡人。崇祯十三年(1640)进士,官河津令。顺治十三年(1656),官江南按察使。　⑨王子其长:王发,字其长。吴县(今属江苏)人。同声社领袖之一。后被杀,据杜登春《社事始末》称,原因是坐"逆书之条"。　张燕筑:当时著名艺人。吴人。善歌。(吴伟业《柳敬亭传》)⑩突遭奇祸:即王发坐"逆书之条"被杀。　⑪祸水:比喻引起灾祸的力量。《飞燕外传》:(漱夫人)在帝后唾曰:"此祸水也,灭火必矣。"火,汉崇火德,灭火喻灭汉。此后以祸水喻女子惑人败事。含有严重歧视妇女的偏见。

　　沙才,美而艳,丰而柔,骨体皆媚,天生尤物也。善弈棋、吹箫、度曲。长指爪,修容貌,留仙裙①,石华广袖②,衣被灿然。后携其妹曰嫩者③,游吴郡,卜居半塘,一时名噪,人皆以二赵、二乔目之④。惜也才以疮发,剜其半面;嫩归吒利⑤,郁郁死。

①留仙裙:有绉褶的裙子。《飞燕外传》:汉成帝于太液池作大舟,号合宫之舟。飞燕歌舞《归风送远》之曲,帝以文犀簪击玉瓯,令后所爱侍郎冯无方吹笙以倚后歌。中流歌酣,风大起。后扬袖曰:"仙乎!仙乎!去故而就新,宁忘怀乎!"帝令无方持后裾。风止,裾为之绉。后泣曰:"帝恩我,使我仙去不得。"他日,宫姝幸者,或襞裙为绉,号曰"留仙裙"。　　②石华广袖:花色艳美的衣料制成的宽袖舞衣。《飞燕外传》:赵飞燕与其妹婕好坐。"后误唾婕好袖。婕好曰:'姊唾染人绀袖,正似石上华。假令尚方为之,未必能若此衣之华。'以为'石华广袖'。"华,同花。　　③沙嫩:《列朝诗集小传·闰集》云:"宛在,字嫩儿,自称桃叶女郎。有《蝶香集》闺情绝句一百首。"《露书》亦曰:沙嫩,"名宛在,字未央。桃叶妓。善弦管。著《蝶香集》。"《珊瑚网》曰:"沙宛在,名彩妹。擅临《兰亭》。"可知其技艺足以与其姊沙才相比匹。　　④二赵:指汉成帝后赵飞燕与其妹婕好赵合德。　　二乔:指汉末江东乔玄之女大乔、小乔。大乔为孙策妻,小乔乃周瑜妻。　　⑤吒利:唐番将沙吒利。此喻粗鲁野蛮之人,如伧父类。唐孟棨《本事诗》云:韩翃得柳氏后,置于都下,自去外地为官。"柳以色显独居,恐不自免,乃欲落发为尼,居佛寺。"仍"为立功番将沙吒利所劫,宠之专房。"但柳氏终为韩翃复得。代宗亲判此案云:"沙吒利宜赐绢二千匹,柳氏却归韩翃。"

马娇,字婉容。姿首清丽,濯濯如春月柳①,滟滟如出水芙蓉,真不愧"娇"之一字也。知音识曲,妙合宫商,老伎师推为独步。然终以误堕烟花为恨,思择人而事,不敢以身许人。卒归贵竹杨龙友②。龙友名文骢,以诗、画擅名,华亭董文敏亟赏之③。先是,闽中郭圣仆有二妾④,一曰李陀那,一曰朱玉耶⑤。圣仆殁,龙友得玉耶,并得其所蓄书画、瓶研、几杖诸玩好、古器,复拥婉容,终日摩挲笑语为乐。甲申之变,贵阳马士英册立弘光⑥,自为首辅,援引阉儿阮大铖构党煽权,挠乱天下,以致五月出奔。都城百姓焚烧两家居第。以龙友乡戚有连⑦,亦被烈炬,顷刻灰烬。时龙友巡抚苏、松,尽室以行。玉耶久殉,婉容莫知所终。龙友父子殉难闽峤⑧,无遗种也。犹存老母,匄归金陵,依家仆以终天年。婉容有妹曰嫩,亦著名。又有小马嫩者,轻盈飘逸,自命风流。真州盐贾用千金购得⑨,奉溧阳陈公子⑩。公子昵之未久,并奁具赠豫章陈伯玑⑪,生一子一女,如王子敬之有桃根也⑫。

①濯濯:清朗貌。《晋书·王恭传》:"恭美姿仪,人多爱悦。或目之云:濯濯如春月柳。"　②贵竹:即贵阳。贵竹,通作贵筑。康熙二十六年(1687),增置贵筑县。(《清史稿·地理志》)　杨龙友:即杨文骢,见前注。《续图绘宝鉴》云:"杨龙友善画山水,一种士气,人莫能到。"③董文敏:董其昌(1555—1636),字玄宰,号思白,又号香光居士,谥文敏。华亭(今上海松江)人。明万历十七年(1589)进士,官至礼部尚书。工画山水,尤善书,为明末书法大家。　④郭圣仆:郭天中,字圣仆。福建莆田人。专精篆隶之学。　⑤李陀那:善画水仙。"李陀那工水仙,直逼赵子固。"(《列朝诗集小传·丁集》中)　朱玉耶:善画山水。钱谦益《题朱玉耶画扇》注曰:"郭天中,字圣仆。其先莆田人。购畜古法书名画,尤精篆隶之学。有姬名朱玉耶,工山水,师董北苑。"(《牧斋有学集》卷二)　⑥马士英(1591?—1646):字瑶草。万历四十七年(1619)进士,崇祯间官至右金都御史、兵部右侍郎、总督凤、庐等地军务。甲申之变后,以兵拥立福王于南京,官东阁大学士,进太保,执弘光政权朝柄。乃援阮大铖为羽翼,结党专权,挟私报复,排斥忠良,残害异己,贪赃纳贿,肆意搜刮。南都陷,奔浙,被杀。　弘光:指福王朱由崧。甲申五月,马士英等以兵拥立,称帝于南京。以明年(1645)为弘光元

年,史称南明弘光政权。顺治二年(1645)五月十四日,清军占领南京,小朝廷灭亡。朱由崧逃奔芜湖,旋被俘,不久被杀。 ⑦乡戚有连:杨文骢是马士英的甥婿,二人皆贵阳人。杨在弘光朝迅速升迁,实赖马士英之荐举。 ⑧殉难闽峤:指杨文骢父子三人在浦城遭清军追获,不屈被杀之事。 ⑨真州:今江苏仪征。 ⑩陈公子:陈名夏(? —1654),字百史。溧阳(今属江苏)人。崇祯十六年癸未(1643)会试第一,殿试第三,授编修,擢官户、兵两科给事中。甲申之变,投降李自成大顺政权。顺治二年乙酉(1645)七月,至河北大名,投降清朝。屡官吏部尚书、弘文院大学士,太子太保。顺治十一年甲午(1654)被劾,赐死。 ⑪陈伯玑:陈允衡(? —1672),字伯玑,号玉渊。江西南昌人。流离芜湖,后移居南京,晚归故里东湖。工诗,尤善五言。有《爱琴馆集》。豫章,江西南昌之古称。关于小马嫩嫁陈伯玑事,钱谦益有《为陈伯玑题浣花君小影四首》。之一:"嫁得东家十五余,莫愁湖水浣花如。薄妆自制莲花服,礼罢金经伴读书。"之二:"杜曲湘兰日暮云,桃根桃叶自殷勤。琴心三迭将雏曲,不唱前朝白练裙。"(《牧斋有学集》卷十一)不知浣花君是小马嫩否。 ⑫王子敬:王献之,见前注。 桃根:王献之有妾名桃叶。南朝梁时,费昶云:"君不见长安客舍门,娼家少女名桃根。"(《乐府诗集》卷七十《行路难》)从唐代起,传说桃叶、桃根为姐妹俩。李商隐《冬》云:"当时欢向掌中销,桃叶桃根双姊妹。"宋人张敦颐《六朝事迹编类》卷五《江河门》亦云:(桃叶)"其妹曰桃根"。至明末清初,在诗人的想象中,桃根与桃叶一起共同嫁给了王献之。

　　顾喜,一名小喜。性情豪爽,体态丰华。双趺不纤妍,人称为顾大脚,又谓之"肉屏风"①。然其迈往不屑之韵,凌霄拔俗之姿,则非篱壁间物也②。当之者,似李陵提步卒三千人抵鞬汗山,入狭谷,往往败北生降矣③。汉武帝《悼李夫人赋》有云"佳侠含光"④,余题四字颜其室。乱后不知从何人以去,或曰归一公侯子弟云。

①肉屏风:形容体胖。语出《开元天宝遗事·肉阵》:"杨国忠于冬月,常选婢妾肥大者,行列于前,令遮风。盖藉人之气相暖,故谓之肉阵。"又名"肉屏风"。　②篱壁间物:喻物之普通也。《世说新语·排调》:"桓玄素轻桓崖。崖在京下有好桃,玄连就求之,遂不得佳者。玄与殷仲文书以为嗤笑,曰:'德之休明,肃慎贡其楛矢;如其不尔,篱壁间物亦不可得也。'"　③鞮汗山:李陵兵败降匈奴处。李陵兵败事,见《汉书·李广传》天汉二年(前99年),李陵请率所部五千人,自当一军,以少击众,"涉单于庭"。武帝壮而许之。"陵于是将其步卒五千人出居延,北行三十日,至浚稽山",遇匈奴单于大军,反复搏战。终寡不敌众,南行至鞮汗山,士卒存三千余人。入狭谷,被围不得出,乃降。
④佳侠含光:《汉书·孝武李夫人传》孟康注云:"佳侠,犹佳丽。"

　　朱小大,颇著美名,余未之见。然闻其纤妍俏洁,涉猎文艺,粉掐、墨痕①,纵横缥帙②,是李易安之流也③。归昭阳李太仆④。太仆遇祸,家灭。

　　①粉掐、墨痕:均指作画。古代中国画作法之一,是按画稿施粉于纸、绢或壁上,然后依粉痕落墨,是谓粉掐。画稿因此称粉本。若先用墨钩勒线条,然后设色,则谓墨痕,或墨迹。　②纵横缥帙:谓博览群书。缥帙,书卷。　③李易安:李清照(1084—1151),号易安居士。山东济南人。礼部员外郎李格非女,湖州守赵明诚妻。工诗文,尤以词著名。有《漱玉词》。　④昭阳:江苏兴化之古称。战国时楚将昭阳,与魏战襄陵,有功,得今兴化地为封邑,称昭阳。"烈王徙寿春,始以兴化为昭阳。"(《重修兴化县志》卷一)　李太仆:疑为李思诚。据《咸丰重修兴化县志》卷八,李字次卿,一字碧海。明万历二十六年进士,授编修。累官太仆卿,又擢礼部尚书。因触怒魏阉,被忠贤矫旨夺职追赃,中外冤之。崇祯初,有旨起用,未几卒。但《明史》称他以坐颂珰闲居。

王小大,生而韶秀。为人圆滑便捷,善周旋。广筵长席,人劝一觞,皆膝席欢受。又工于酒纠、觥录事①,无毫发谬误,能为酒客解纷释怨,时人谓之"和气汤"。扬州顾尔迈②,字不盈,镇远侯介弟也③。挟戚里之富,往来平康。悦小大,贮之河亭,时时召客大饮。效陈孟公、高季式④,授女将军酒正印,左右指麾,客皆极饮滥醉。有醉而逸者,锁门脱扉,卧地上,至日中乃醒。时吴桥范文贞公官南大司马⑤,不盈为揖客⑥,出入辕轼,有古任侠风。书、画与郑超宗齐名⑦。

①酒纠、觥录事:会饮时执掌酒令之人,称酒纠,亦称觥录事、瓯宰。《老学庵笔记》卷六:"苏叔党(过)政和中至东都,见妓称录事,太息语廉宣仲(布)曰:'今世一切变古,唐以来旧语尽废。此犹存唐旧,为可喜。'前辈谓妓曰酒纠,盖谓录事也。"　　②顾尔迈:字不盈。明镇远侯顾肇迹之弟。《四库全书总目》卷六十一收其《明珰彰瘅录》一卷,云:"明淮安人。始末未详。"　　③镇远侯:顾肇迹(?—1644)。天启中袭爵。崇祯十四年正月,领南京右府提督操江。十七年,京城陷,死难。(《明史·功臣世表》、《小腆纪年附考》卷四)　介弟:称人之弟的敬词。④陈孟公:陈遵,字孟公。杜陵(今陕西西安)人。以功封嘉威侯。官河南太守。"遵耆酒。每大饮,宾客满堂,辄关门,取客车辖投井中,虽有急,终不得去。"后免官,仍"尽夜呼号,车骑满门,酒肉相属。"(《汉书·游侠传》)　高季式:字子通。渤海蓚(今河北景县)人。高乾四弟。官散骑常侍,除侍中,加冀州大中正,以功加仪同三司。谥恭穆。豪率好酒。司马消难尝寻季式日夜酣饮。高湛在京辅政,白魏帝,赐消难美酒数石,珍羞十舆;并令朝士与季式亲狎者,就其宅宴集。(《北齐书·高乾传》)　　⑤范文贞公:范景文。甲申之变,自杀殉国。南明弘光政权谥文贞,故称。　　⑥揖客:平揖不拜之客,即与主人分庭抗礼者。《汉书·汲黯传》:"黯曰:'夫以大将军(指卫青)有揖客,反不重耶?'"

⑦郑超宗:郑元勋(1604—1645),字超宗,号惠东。歙县人,籍扬州。崇祯十六年(1643)进士第三人,旋假归。弘光立,授兵部职方主事。未及拜官,高杰围扬州。郑单骑往谒,陈说大义,止攻城。然回城后,被人诬以"通贼"而杀害。工诗文,善绘山水,法元人吴镇。(《明画录》、《小腆纪年附考》卷六)

张元,清瘦轻佻,临风飘举。齿稍长,在少年场中,纤腰踽步,亦自楚楚。人呼之为"张小脚"。

刘元,齿亦不少。而佻达轻盈,目睛闪闪,注射四筵。曾有一过江名士与之同寝。元转面向里帷,不与之接。拍其肩曰:"汝不知我为名士耶?"元转面曰:"名士是何物? 值几文钱耶?"相传以为笑。

崔科,后起之秀。目未见前辈典型,然有一种天然韶令之致①。科亦顾影自怜,矜其容色,高其声价,不屑一切。卒为一词林所窘辱②。

①韶令:美好。《南史·谢庄传》:"及长,韶令美容仪。"　②词林:文苑,翰林。此指文士。

董年,秦淮绝色,与小宛姊妹行。艳冶之名,亦相颉颃①。钟山张紫淀作《悼小宛》诗②,中一首云:"美人生南国,余见两双成③。春与年同艳,花推白主盟④。蛾眉无后辈,蝶梦是前生⑤。寂寂皆黄土,香风付管城⑥。"

①颉颃(xié háng):原意为鸟上下飞,飞而上曰颉,飞而下曰颃。《诗·邶风·燕燕》:"燕燕于飞,颉之颃之。"后转为不相上下之意。②张紫淀:即张文峙。原名可任,字文峙。后以字行,改字紫淀。应天(今江苏南京)人,家钟山之阳。能诗。范景文任南京兵部尚书,礼为上客。(《江南通志》卷一六五、《金陵诗征》卷二十六)《悼小宛》诗:见《同人集》卷六《影梅庵悼亡题咏》。 ③两双成:双成,董双成,传说中的仙女。此指董氏姊妹。 ④"春与"二句:称赞董氏姊妹之美艳。年,指董年。原诗注:"年姬,秦淮绝色,小宛嗣之姊妹行也。"白,指董白。⑤蝶梦:《庄子·齐物论》:"昔者庄周梦为胡蝶,栩栩然胡蝶也。自喻适志与,不知周也。俄然觉,则蘧蘧然周也。不知周之梦为胡蝶与?胡蝶之梦为周与?"此谓小宛已逝,她的绝艳容貌乃前生之事,恍然若梦。⑥管城:管城子,笔的别称。韩愈《毛颖传》:"秦皇帝使恬赐之汤沐,而封诸管城,号曰'管城子'。"

李香,身躯短小,肤理玉色。慧俊宛转,调笑无双。人题之为"香扇坠"。余有诗赠之云:"生小倾城是李香①,怀中婀娜袖中藏。何缘十二巫峰女,梦里偏来见楚王②。"武塘魏子一为书于粉壁③,贵竹杨龙友写崇兰诡石于左偏。时人称为三绝。由是,香之名盛于南曲。四方才士,争一识面以为荣。

①倾城:形容女子貌美。李延年歌云:"北方有佳人,绝世而独立。一顾倾人城,再顾倾人国。"(《汉书·孝武李夫人传》) ②"何缘"二句:宋玉《高唐赋》:昔者先王尝游高唐,怠而昼寝,梦见一妇人曰:"妾巫山之女也,为高唐之客。闻君游高唐,愿荐枕席。"王因幸之。去而辞曰:"妾在巫山之阳,高邱之阻。且为朝云,暮为行雨。朝朝暮暮,阳台之下。"巫山在四川巫山县东,绵延一百六十余里,有十二峰。 ③魏子一:魏学濂(1607—1644),字子一,号内斋,一作容斋。武塘(今浙江嘉善)人。著名东林党人魏大中次子,时有盛名。崇祯十六年(1643)进

士,官庶吉士。李自成军攻占北京,授以户部司务职。不久,自缢而死。
善山水画,不多见。(参见《明史·魏大中传》)

珠市名姬附见

珠市在内桥旁①,曲巷逶迤,屋宇湫隘。然其中时有丽
人,惜限于地,不敢与旧院颉颃。以余所见,王月诸姬,并著迷
香、神鸡之胜②,又何羡红红、举举之名乎③!恐遂湮没无闻,
使媚骨芳魂与草木同腐,故附书于卷尾,以备金陵轶史云。

①珠市:在内桥西,清代叫珠宝廊。陈作霖《运渎桥道小志》:珠宝
廊,"明曰珠市,一名石城坊,来道、敦化二街,皆其异称也。"(《金陵琐志
五种》)今南京市白下路之内桥西至与建邺路连接的那一段,即明之珠
市。　②迷香、神鸡:皆属优等一类。语出唐人冯贽辑《云仙杂记》
(一名《云仙散录》)卷一:"史凤,宣城妓也。待客以等差:其异者有迷香
洞、神鸡枕、锁莲灯;次则交红被、传香枕、八分羊;下列不相见,以闭门
羹待之。"　③红红:见前注。　举举:唐北里名妓。《北里志·郑举
举》云:"郑举举者,居曲中。亦善令章。尝与绛真互为席纠。"一次酒
宴,郑未至。"状元微哂良久,乃吟一篇曰:'南行忽见李深之,手舞如蜚
令不疑。任尔风流兼蕴藉,天生不似郑都知。'"郑都知,即郑举举。

王月,字微波。母胞生三女:长即月,次节,次满,并有殊
色。月尤慧妍,善自修饰,颀身玉立,皓齿明眸,异常妖冶,名
动公卿。桐城孙武公暱之①,拥致栖霞山下雪洞中,经月不
出。己卯岁牛女渡河之夕②,大集诸姬于方密之侨居水阁③。
四方贤豪,车骑盈闾巷。梨园子弟,三班骈演。阁外环列舟航
如堵墙。品藻花案,设立层台,以坐状元。二十余人中,考微
波第一,登台奏乐,进金屈卮④。南曲诸姬皆色沮,渐逸去。

天明始罢酒。次日,各赋诗纪其事。余诗所云"月中仙子花中王,第一姮娥第一香"者是也。微波绣之于帨巾不去手。武公益眷恋,欲置为侧室。会有贵阳蔡香君名如蘅⑤,强有力,以三千金啖其父,夺以归。武公悒悒,遂娶葛嫩也。香君后为安庐兵备道,携月赴任,宠专房。崇祯十五年五月,大盗张献忠破庐州府,知府郑履祥死节,香君被擒⑥。搜其家,得月,留营中,宠压一寨。偶以事忤献忠,断其头,蒸置于盘,以享群贼。嗟乎!等死也,月不及嫩矣。悲夫!

①孙武公:孙克咸,见前注。　②己卯岁:崇祯十二年(1639)。牛、女渡河之夕:即农历七月初七夜晚,传说此时牛郎、织女在天河鹊桥相会。　③方密之:方以智(1611—1671),字密之,号曼公,自号龙眠愚者,出家后法名无可。安徽桐城人。明末著名四公子之一。崇祯十三年(1640)进士。甲申之变,流寓岭南。后避难为僧。　水阁:指方以智寓居南京时所居住的房屋,地址当在桃叶渡。　④此处所记,即"征歌选妓"之类,为名士与名妓的"风流韵事"。这类事所在多有,就南京而言,明朝弘、正以来,颇为盛行,至万历末达于鼎极。所品评之有影响者,如"金陵十二钗"、"秦淮四美人"、"秦淮八艳"等。　⑤蔡如蘅:字香君。贵阳人。官安庐兵备道。《明史·忠义传五》:"监司蔡如蘅贪戾,民不附。"　⑥香君被擒:《杂记》此言似误。《明史·忠义传五》言张献忠攻破庐州城,监司蔡如蘅、知府郑履祥皆弃城而逃,因此,史可法追查此事,下令"治守、令罪"。《小腆纪年附考》卷二、《明季北略》卷十八、《明鉴》卷八十八及《明史纪事本末》、《绥寇纪略》等所记蔡如蘅事,均无被擒之说。唯知府郑履祥,《明史·流贼传》、《明季北略》与《杂记》同。《明史考证捃逸》卷三十三以为,"履祥委失城之罪于兴基,史可法因察治履祥罪,则履祥尔时实遁免,《流贼传》似误。"

王节,有姿色。先归顾不盈,后归王恒之。甘淡泊,怡然自得。虽为姬侍,有荆钗裙布风①。妹满,幼小,好戏弄,窈窕轻盈,作娇娃之态。保国公买置后房②。与寇白门不合,复归秦淮。

①荆钗裙布:以荆枝作钗,用粗布制裙。指女子衣饰俭朴。事出东汉梁鸿之妻孟光,见《列女传》。　②保国公:朱国弼。《明史·朱谦传》载国弼崇祯时,总督京营。及至南京,进保国公,乃与马士英、阮大铖相结以讫于明亡。

寇湄,字白门。钱虞山诗云:"寇家姊妹总芳菲,十八年来花信违。今日秦淮恐相值,防他红泪一沾衣。"①则寇家多佳丽,白门其一也。白门娟娟静美,跌荡风流。能度曲,善画兰,粗知拈韵吟诗,然滑易不能竟学。十八、九时,为保国公购之②,贮以金屋③,如李掌武之谢秋娘也④。甲申三月,京师陷。保国生降,家口没入官⑤。白门以千金予保国赎身,跳匹马,短衣,从一婢南归⑥。归为女侠,筑园亭,结宾客,日与文人骚客相往还。酒酣以往,或歌或哭。亦自叹美人之迟暮,嗟红豆之飘零也。既从扬州某孝廉,不得志,复还金陵。老矣,犹日与诸少年伍。卧病时,召所欢韩生来,绸缪悲泣,欲留之偶寝。韩生以他故辞,犹执手不忍别。至夜,闻韩生在婢房笑语,奋身起唤婢,自箠数十,咄咄骂韩生负心禽兽行,欲啗其肉。病逾剧,医药罔效,遂以死。虞山《金陵杂题》有云:"丛残红粉念君恩,女侠谁知寇白门? 黄土盖棺心未死,香丸一缕是芳魂。"⑦

①此诗见《牧斋有学集》卷六,为《丙申春就医秦淮寓丁家水阁浃两月临行作绝句三十首留别留题不复论次》之最末一首。花信:花的消息。宋陈元靓《岁时广纪》卷一之《花信风》条,引《东皋杂录》云:"江南自初春至初夏,五日一番风候,谓之花信风。"程大昌在《演露繁·花信风》中亦云:由小寒到谷雨,"每五日一候,计二十四候,每候应一种花信。"花信违,指没有花的消息。此喻寇家姊妹处境不佳。　②朱国弼娶寇湄的情况,陈维崧《妇人集》云:"寇白门,南院教坊中女也。朱保国公娶姬时,令甲士五十,俱执绛纱灯,照耀如同白昼。"(《香艳丛书》第一集卷二)　③贮以金屋:宠爱专房。金屋,语出《汉武故事》:汉武帝为太子时,长公主欲以己女嫁之,"指其女问曰:'得阿娇好否?'帝曰:'若得阿娇作妇,当作金屋贮之。'"　④李掌武:李德裕。唐人称太尉为掌武,李官太尉,故云。　谢秋娘:李德裕宠爱之妓。谢死后,李德裕思念不已。镇浙西时,用隋炀帝所作《望江南》调,撰《谢秋娘》曲,亦曰《梦江南》。(《唐音癸签》卷十三,又见《乐府杂录》)　⑤"保国公"二句:《杂记》此记似误。甲申三月,李自成攻占北京时,朱国弼奉崇祯命正在淮安督办漕务。五月,由于拥立福王之功,晋升保国公。次年乙酉五月,清军攻占南京,朱随赵之龙、王铎等人迎降。(《小腆纪年附考》卷十,《明季南略》卷四)朱尽室北上,乃在乙酉五月福王政权灭亡之后。⑥关于寇湄南归,《妇人集》记云:"国初,籍没诸勋卫。朱尽室入燕都,次第卖歌姬自给。姬(白门)度亦在所遣中,一日谓朱曰:'公若卖妾,计所得不过数百金,徒令妾落沙叱利之手。且妾固未暇即死,尚能持我公阴事。不若使妾南归,一月之间,当得万金以报。'公度无可奈何,纵之归。越月果得万金。"(《香艳丛书》第一集卷二)　⑦诗为《金陵杂题》之第十首,载《牧斋有学集》卷八。

下卷 轶事

　　金陵都会之地,南曲靡丽之乡,纨茵浪子,萧瑟词人,往来游戏。马如游龙,车相接也。其间风月楼台,尊罍丝管,以及娈童狎客,杂技名优,献媚争妍,络绎奔赴。垂杨影外,片玉壶中,秋笛频吹,春莺乍啭。虽宋广平铁石心肠,不能不为梅花作赋也①。一声《河满》②,人何以堪?归见梨涡③,谁能遣此!然而流连忘返,醉饱无时,卿卿虽爱卿卿④,一误岂容再误。遂尔丧失平生之守,见斥礼法之士,岂非黑风之飘堕、碧海之迷津乎⑤!余之缀茸斯编,虽以传芳,实为垂戒。王右军云⑥:"后之览者,亦将有感于斯文也。"⑦

　　①宋广平:宋璟(663—737),唐河北南和人。调露元年进士。武后时以凤阁舍人迁左台御史中丞。睿宗立,以吏部尚书同中书门下三品,因奏事贬楚州刺史。玄宗开元四年(716),继姚崇为相。累封广平郡公。卒谥文贞。皮日休《梅花赋序》:"余尝慕宋广平之为相,贞姿劲质,刚态毅状,疑其铁肠石心,不解吐婉媚辞。然睹其文,而有《梅花赋》,清便富艳,得南朝徐、庾体,殊不类其为人也。后苏相公味道得而称之,广平之名遂振。"　　②《河满》:《河满子》,一作《何满子》。曲名。其曲之由来,据白居易云:开元中,沧洲歌者何满犯罪系狱,撰此曲进。四辞八叠,其声哀断。(《长庆集》卷六十八)　　③梨涡:女子颊上酒涡。原指胡铨之侍伎梨倩颊上酒涡,故名。事见宋罗大经《鹤林玉露》卷十二。④卿卿:人们对所爱者一种亲昵的称呼。《世说新语·惑溺》:"王安丰妇常卿安丰。安丰曰:'妇人卿婿,于礼为不敬,后勿复尔。'妇曰:'亲卿爱卿,是以卿卿。我不卿卿,谁当卿卿!'"此指狭邪游之男女亲爱。

⑤黑风:海上恶风。　　⑥王右军:即王羲之(321—379),字逸少。山东临沂人。居会稽山阴(今浙江绍兴)。官至右军将军,会稽内史。书法大家,精草、隶、篆、行诸体,世称"书圣"。　　⑦"后之览者"二句:出王羲之《兰亭集序》。

瓜洲萧伯梁,豪华任侠,倾财结客。好游狭斜,久住曲中。投辖轰饮①,俾昼作夜,多拥名姬,簪花击鼓为乐。钱虞山诗所云"天公要断烟花种,醉杀瓜洲萧伯梁"者是也②。

①投辖:言留客之殷切。辖,插入车轴两端孔穴的键,用以固定车轮与车轴位置,使车轴正常运转。《汉书·游侠传》:陈遵"耆酒。每大饮,宾客满堂,辄关门,取客车辖投井中。虽有急,终不得去。"　轰饮:狂饮。元刘因《黑马酒》:"山中唤起陶弘景,轰饮高歌《敕勒川》。"②钱谦益诗见《金陵杂题》之五。

嘉兴姚北若①,用十二楼船于秦淮。招集四方应试知名之士百余人,每船邀名妓四人侑酒。梨园一部,灯火笙歌,为一时之盛事②。先是,嘉兴沈雨若费千金定花案③,江南艳称之。

①姚北若:姚漙,字公涤,一字北若。秀水(今浙江嘉兴)人。监生。崇祯九年(1636),就试南都。招复社诸子,载酒征歌,大会东南名士于秦淮河上,几二千人,为一时胜事。三试不第,遂隐居著述。(《嘉庆嘉兴府志》卷五十三)　②关于这次活动,姚漙有《会复社同人于秦淮河上》诗云:"柳岸花溪澹泞天,恣携红袖放灯船。梨园弟子觇人意,队队停歌《燕子笺》。"陈则梁致冒襄信中也说:"姚北若以十二楼船大会国门广业,不特海内名人咸集,曲中殊丽共二十余人,无一不到。真胜事

也。"(《同人集》卷四） ③沈雨若：沈春泽，字雨若。常熟籍，庠生。
能诗，善草书，喜画竹。移家金陵，治园亭，交游翕集。(《金陵诗征》卷
四十） 定花案：即征歌选妓。其法：对名妓加以评定，取某花喻某妓，
以花之贵贱，定妓之妍媸，并出榜游街，设筵庆贺。记叙金陵秦淮花案
的作品有《金陵十二钗》、《莲台仙会品》、《秦淮士女表》、《亘史》、《曲中
志》等。

　　曲中狎客，则有张卯官笛，张魁官箫，管五官管子，吴章甫
弦索，钱仲文打十番鼓，丁继之、张燕筑、沈元甫、王公远、朱维
章串戏，柳敬亭说书①。或集于二李家②，或集于眉楼，每集必
费百金③。此亦销金之窟也④。

　　①"曲中狎客"八句：张卯、张魁、管五、吴章甫、钱仲文、丁继之、张
燕筑、沈元甫、王公远、朱维章与柳敬亭，均明末南京著名艺人。他们或
教习曲中诸妓技艺，或参与各种演出。由于经常出入旧院，故称"狎
客"。《杂记》以下所记诸艺人情况，是十分宝贵的研究资料，多为人所
少提及者。 ②二李：指李十娘与李大娘。 ③每集必费百金：关
于集会之费，陈则梁致冒襄信云："又张卯官、陆三官、管五官、项子毅诸
君，共十位，俱已约定，在院中大街顾家，有鸥住作主人，鱼仲副之。我
辈公分，尚须每人五金。此事一夕有百金之费。不可无此，亦不可有此
也。"(《同人集》卷四)这是崇祯九年丙子(1636)的一次集会。可见《杂
记》所述之真。 ④销金之窟：又称销金锅，指靡费甚巨。《武林旧
事》载，杭州人游西湖，"日糜金钱，靡有既极，故杭谚有销金锅儿之号"。

　　张卯尤滑稽婉腻，善伺美人喜怒。一日，偶触李大娘。大
娘手碎其头上鬃帽，掷之于地。卯徐徐拾起，笑而戴之以去。

张魁,字修我。吴郡人。少美姿首,与徐公子有断袖之好①。公子官南都府佐②,魁来访之。阍者拒。口出亵语,且诟厉。公子闻而扑之,然卒留之署中,欢好无间。以此移家桃叶渡口,与旧院为邻。诸名妓家往来习熟。笼中鹦鹉见之,叫曰:"张魁官来!阿弥陀佛!"魁善吹箫、度曲。打马投壶③,往往胜其曹耦④。每晨朝,即到楼馆,插瓶花,爇炉香,洗芥片⑤,拂拭琴几,位置衣桁⑥,不令主人知也。以此,仆婢皆感之,猫狗亦不厌焉。后魁面生白点风⑦,眉楼客戏榜于门曰:"革出花面笺片一名张魁⑧,不许复入。"魁惭恨,遍求奇方洒削,得芙蓉露,治除。良已,整衣帽,复至眉楼,曰:"花面定何如!"乱后还吴。吴中新进少年,搔头弄姿,持箫摩管,以柔曼悦人者,见魁则揶揄之,肆为诋谋⑨。以此重穷困。龚宗伯奉使粤东⑩,怜而赈之,厚予之金,使往山中贩芥茶,得息又厚,家稍稍丰矣。然魁性僻,尝自言曰:"我大贱相,茶非惠泉水不可沾唇,饭非四糙冬舂米不可入口,夜非孙春阳家通宵椽烛不可开眼。"钱财到手辄尽。坐此不名一钱,时人共非笑之,弗顾也。年过六十,以贩茶、卖芙蓉露为业。庚寅、辛卯之际⑪,余游吴,寓周氏水阁。魁犹清晨来插瓶花、爇炉香、洗芥片、拂拭琴几、位置衣桁如曩时。酒酣烛跋时⑫,说青溪旧事,不觉流涕。丁酉再过金陵⑬,歌台舞榭,化为瓦砾之场。犹于破板桥边,一吹洞箫。矮屋中,一老姬启户出曰:"此张魁官箫声也。"为呜咽久之。又数年,卒以穷死。

①徐公子:徐申,字文江。长洲(今江苏苏州)人。万历五年(1577)进士。万历间官应天府丞,升应天府尹,官至通政使。 断袖之好:形容极其亲密,常指男宠。《汉书·佞幸传》:哀帝宠幸董贤,"常与上卧

起。尝昼寝,偏藉上袖。上欲起,贤未觉。不欲动贤,乃断袖而起。其恩爱至此。"又,《南史·梁宗室传》:"(萧)韶昔为幼童,庾信爱之,有断袖之欢。"　　②南都府佐:即应天府丞。　　③打马:打双陆。双陆棋子称马,故名。其法不传,当亦弹棋之类的游戏。　投壶:古代宴饮中相互娱乐的一种游戏。设壶一,宾主以次投矢其中,中多者胜,不胜者罚饮酒。《礼记·投壶》记叙甚详。　　④曹耦:同伙,同类。《汉书·黥布传》:"乃率其曹耦,亡之江中为群盗。"　　⑤芥片:即芥茶,以产于浙江长兴县境内之罗芥山而得名。关于洗芥片,冒襄介绍如下:"以热水涤茶叶。……以竹筋夹茶于涤器中,反复涤荡,去尘土黄叶老梗尽,以手搦干,置涤器内,盖定。少刻开视,色青香烈,急取沸水泼之。"(冒襄《芥茶汇抄》)　　⑥衣桁(héng):衣架。　　⑦白点风:即白癜风。⑧花面:俗称戏中角色敷粉墨者为花面,亦叫花脸。张魁面生白点风,故戏称花面。　篾片:善于趋奉凑趣的门客。　　⑨诋诿:毁谤欺侮。⑩龚宗伯:龚鼎孳。其奉使粤东,当在顺治十三年至十四年间。见前注。此时张魁在南京。　　⑪庚寅、辛卯:顺治七、八年(1650、1651)。⑫烛跋:烛根,意为烛快燃尽。《礼记·曲礼上》:"烛不见跋。"　　⑬丁酉:顺治十四年(1657)。这是《杂记》明白记叙旧院已为瓦砾,而板桥仍在的资料。

　　岁丙子[1],金沙张公亮、吕霖生、盐官陈则梁、漳浦刘渔仲、如皋冒辟疆盟于眉楼[2]。则梁作盟文甚奇,末云:"牲盟不如臂盟,臂盟不如神盟。"

　　①丙子:崇祯九年(1636)。　　②张公亮:张明弼,字公亮,号琴张子,一作琴牧。江苏金坛人。崇祯六年(1633)举人,十年(1637)进士。官揭阳知县,署杭州推官。陞户部主事,不赴。古文诗赋擅名一时。吕霖生:吕兆龙,字霖生。江苏金坛人。崇祯十三年(1640)进士。官内阁中书。甲申之变,以投井被拘。(《小腆纪年附考》卷四)　　陈则梁:陈

梁,字则梁,亦称梁父。初名昌应,字梦张。浙江海盐人。年十八,皈依莲池大师,法名广籍。甲申后,称个亭和尚。晚年自称散木子,又称觅园公。陈梁是顾眉生的知交,在促使与"伧父"和解方面,起重要作用。刘渔仲:刘履丁,字渔仲。福建漳浦人。书、画精绝。在王成董、冒婚事方面,刘履丁有重大作用。五人盟誓乃是当年八月三十日。(见《同人集》卷三、卷五)

　　中山公子徐青君,魏国介弟也①。家赀钜万。性华侈,自奉甚丰,广蓄姬妾。造园大功坊侧②,树石亭台,拟于平泉、金谷③。每当夏月,置宴河房,日选名妓四、五人,邀宾侑酒。木瓜、佛手,堆积如山;茉莉、珠兰,芳香似雪。夜以继日,恒酒酣歌。纶巾鹤氅,真神仙中人也。弘光朝加中府都督④,前驱班剑⑤,呵导入朝,愈荣显矣。乙酉鼎革⑥,籍没田产,遂无立锥;群姬雨散,一身孑然;与佣、丐为伍,乃为人代杖⑦。其居第易为兵道衙门⑧。一日,与当刑人约定杖数,计偿若干。受刑时,其数过倍。青君大呼曰:"我徐青君也。"兵宪林公骇⑨,问左右。左右有哀王孙者,跪而对曰:"此魏国公公子徐青君也,穷苦为人代杖。其堂乃其家厅,不觉伤心呼号耳。"林公怜而释之,慰藉甚至。且曰:"君倘有非钦产可清还者⑩,本道当为查给,以终余生。"青君顿首谢曰:"花园是某自造,非钦产也。"林公唯唯,厚赠遣之,查还其园,卖花石、货柱础以自活。吾观《南史》所记,东昏宫妃卖蜡烛为业⑪。杜少陵诗云⑫:"问之不肯道名姓,但道困苦乞为奴。"呜呼! 岂虚也哉! 岂虚也哉!

　　①魏国:指魏国公徐文爵。《明史·徐达传》:徐弘基,徐达第十世

孙,袭魏国公爵,"累加太傅,卒谥庄武。子文爵嗣。明亡,爵除"。

②大功坊:在徐达中山王府两侧。王府地点在今南京市瞻园路128号。入清为江宁布政使司署。《嘉庆重刊江宁府志》卷八《大功坊》条:"《金陵琐事》云,明太祖以魏国勋业非常,于居第左右特各建坊,以旌异之。即今布政使司署左右是也。"　③平泉:庄名,在河南洛阳南,周四十里,唐宰相李德裕之别墅。康骈《剧谈录》:"李德裕东都平泉庄,去洛城三十里。平泉庄卉木台榭,若造仙府。远方之人,多以异物奉之。"　金谷:地名,在河南洛阳西。谷中有水,自新安、洛阳东南流经此谷,又东南入于瀍河,古时入谷水。《水经注》谓之金水。晋石崇建金谷园于此。石崇自序云:"有清泉、茂树、众果、竹柏、药草之属……。又有水碓、鱼池、土窟,其为娱目欢心之物备矣。"(《全晋文》卷三十三)　④弘光朝:福王朱由崧于崇祯十七年(1644)五月在南京建立的朝廷,年号弘光,朱由崧被称为弘光帝。　中府都督:中军都督府都督。《明史·职官志》:明设有中、前、后、左、右五军都督府,每府设左、右都督,正一品,"掌军旅之事,各领其都司、卫、所,以达于兵部。"南京亦然,"分掌南京卫所以达于南京兵部。凡管领大教场及江上操备等事,各府奉掌之。城门之管钥,中府专管之。"　⑤班剑:饰有花纹的木剑,用作为仪仗。王俭《褚渊碑文》:"追赠太宰、侍中,录尚书事如故,给节羽葆鼓吹,班剑为六十人。"注云:"班剑,木剑,无刀,假作剑形。画之以文,故曰班也。"(《文选》卷十五)　⑥乙酉:清顺治二年(1645)。　⑦为人代杖:关于徐青君为人代杖事,《金陵诗征》卷二十三以徐弘基嗣子天爵字青君,"乙酉鼎革,或云北去,或云隐遁不知所终",认为"余澹心《板桥杂记》载有青君受杖事,非其实也"。但当时著名诗人吴伟业《遇南厢园叟感赋八十韵》亦谈及此事,诗云:"吁嗟中山孙,志气胡弗昂?生世苟如此,不如死道旁。惜哉裸体辱,仍在功臣坊。"诗中明指"中山孙"受"裸体辱",地点在"功臣坊",与《杂记》相合。吴诗作于顺治十年(1653)秋应诏赴京前,正是林天擎任内,徐青君事发之当时(或此前不久)。吴诗可为确有徐公子受杖事之有力佐证。至于徐公子之原名是天爵否,详细生平

情况如何,均有待进一步查证。 ⑧兵道:即江宁兵备道,此处应指其前身分守江宁道。顺治十三年以后,分巡江宁道裁撤,归并守道,遂为江宁兵备道。 ⑨林公:林天擎,辽宁省盖平县人。廪贡。顺治四年(1647)官江宁知府,五年任分守江宁道。徐青君代杖事,当在林天擎任内之顺治五年至十一年间。(参阅《江南通志》卷一〇六、一〇七)

⑩钦产:皇帝的或皇帝赏赐的产业。凡是明朝皇帝赏赐的,入清则均予查封,归清政府所有。 ⑪东昏:指南朝齐帝萧宝卷(483—501),字智藏,本名明贤。明帝萧鸾次子。在位不足三年,然凶暴嗜杀,穷奢极欲,科敛无度。萧衍起兵,包围建康,他被部属杀死。和帝即位,追废为东昏侯。 ⑫杜少陵诗:指杜甫《哀王孙》。

同人社集松风阁①,雪衣、眉生皆在。饮罢,联骑入城。红妆翠袖,跃马扬鞭,观者塞途。太平景象,恍然心目。

①松风阁:一在南京城南牛首山。纪青《题松风阁》:"幽栖寺里松风阁,明月怀人照古苔。"(《金陵诗征》卷三十)另一在雨花台,乃张薇(瑶星)所筑。瑶星与其友常集饮于此。龚鼎孳有《张瑶星招集松风阁》(《定山堂诗集》卷一),汪洪度亦有《雨花台松风阁寻张叟不遇》(《国朝金陵诗征》卷四十三),均可资证。此处似指雨花台之松风阁。

丁继之扮张驴儿娘①,张燕筑扮宾头卢②,朱维章扮武大郎③,皆妙绝一世。丁、张二老并寿九十余。钱虞山《题三老图》诗末句云④:"秦淮烟月经游处,华表归来白鹤知⑤。"不胜黄公酒垆之叹⑥。

①丁继之:名丁胤。(《池北偶谈》卷十一)《牧斋有学集》卷五有《寿丁继之七十》四首,作于顺治十一年(1654)。则丁生于明万历十三年

(1585)。卒年待考。丁南京人,家桃叶渡。钱谦益《题丁家河亭房子》,注明丁府"在青溪笛步之间"(《牧斋有学集》卷一)。　张驴儿娘:元关汉卿杂剧《感天动地窦娥冤》中的角色。驴儿无娘,此指窦娥之婆母蔡婆。　②宾头卢:明屠隆《昙花记》中的角色。宾头卢为五百罗汉中第十八尊者。《牧斋有学集》卷五有《次韵赠张燕筑》二首。诗云:"曾向天家偷摩笛,亲从嬴女教吹箫。一生花月张三影,两鬓沧桑郭四朝。"则张燕筑不但精于演剧,乐器、诗词亦工。　③武大郎:明沈璟《义侠记》中之角色。　④《题三老图》:即《题金陵三老图》,载《牧斋有学集》卷一。三老指闽中黄居中(海鹤)、越中薛冈(千仞)、吴中张肇黄(玄箸),均明朝官吏,侨居金陵。图作于明崇祯十五年(1642),而薛自序于十七年,题诗作于清顺治五年(1648)。诗与图、序一样,均为抒发感慨之作,尤有强烈的鼎革之叹。　⑤"华表"句:喻时光之迅疾,变化之巨大,归来停息在华表上的白鹤可为见证。源出《搜神后记》:丁令威本辽东人,学道于灵虚山。后化鹤归辽,集城门华表柱。时有少年举弓欲射之,鹤乃飞,徘徊空中而言曰:"有鸟有鸟丁令威,去家千年今始归,城郭如昨人民非,何不学仙冢累累。"遂高上冲天。　⑥"黄公"句:《世说新语·伤逝》云:"王濬冲(戎)为尚书令,著公服,乘轺车,经黄公酒垆下过。顾谓后车客:'吾昔与嵇叔夜(康)、阮嗣宗(籍)共酣饮于此垆。竹林之游,亦预其末。自嵇生夭、阮公亡以来,便为时所羁绁。今日视此虽近,邈若山河。'黄公,盖卖酒家。"

　　无锡邹公履游平康①,头戴红纱巾,身着纸衣,齿高跟屐,佯狂沉缅,挥斥千黄金不顾。初场毕,击大司马门鼓②,送试卷。大合乐于妓家,高声自诵其文,妓皆称快。或时阑入梨园,氍毹上为"参军鹘"也③。

　　①邹公履:待考。　②大司马门:东晋与南朝建康宫的正南门叫大司马门,又叫章门,乃仿魏晋洛阳旧制。此当指明南京贡院之龙门。

③氍毹(qú yú):毛织的地毯一类。《风俗通》:"织毛褥谓之氍毹。"演戏场所常以之铺垫。　参军鹘:即参军、苍鹘,戏剧排场中进行滑稽诙谐表演的角色。由兹而形成一种流行的表演形式,用以讽刺时政。又称跳加官。参军是主,后演变为副净;苍鹘是仆,后演变为副末。

　　柳敬亭①,泰州人。本姓曹,避仇流落江湖,休于树下,乃姓柳。善说书。游于金陵,吴桥范司马、桐城何相国引为上客②。常往来南曲,与张燕筑、沈公宪俱。张、沈以歌曲、敬亭以谭词,酒酣以往,击节悲吟,倾靡四座。盖优孟、东方曼倩之流也③。后入左宁南幕府④,出入兵间⑤。宁南亡败⑥,又游松江马提督军中⑦,郁郁不得志。年已八十余矣,间过余侨寓宜睡轩中,犹说《秦叔宝见姑娘》也⑧。

　　①《续本事诗》卷八载顾开雍《柳生歌序》曰:"扬之泰州柳生,名遇春,号敬亭。"　②范司马:范景文,河北吴桥人。见前注。　何相国:何如宠(1569—1641),字康侯。安徽桐城人。明万历二十六年(1598)进士,由庶吉士迁国子监祭酒。天启间官礼部右侍郎,因与左光斗善而夺职。崇祯初擢户部尚书、武英殿大学士,加少保。四年乞休,十四年卒。福王时,谥文端。致仕后居南京,故居在今南京市长乐路武定桥东。③优孟:春秋时楚国名优。事楚庄王。尝著故令尹孙叔敖衣冠,作歌以感庄王,而使其子得封。(《史记·滑稽列传》)　东方曼倩:东方朔,字曼倩。汉厌次(今山东惠民县东)人。善诙谐滑稽。汉武帝时,为金马门侍中。时以讽谏救帝之过。长于文辞,尝作《答客难》一篇。扬雄、班固以下多仿之。(《汉书·东方朔传》)　④左宁南:左良玉(1599—1645),字昆山。山东临清人。骁勇善射,多智谋,善抚士卒,由军校积官至总兵。甲申后,以功封宁南侯,镇守武昌。乙酉三月,以反马阮、清君侧为名,举兵东下。四月,陷九江。寻病卒于军。(《明史·左良玉

传》,《小腆纪年附考》卷十）　　⑤出入兵间:据《牧斋有学集》卷六《左宁南画像歌为柳敬亭作》之笺注云:"柳生敬亭者,善谈笑,军中呼为柳麻子。摇头掉舌,诙谐杂出。每夕张灯高坐,谈说隋唐间遗事。宁南亲信之,出入卧内,未尝顷刻离也。"　　⑥宁南亡败:据《小腆纪年附考》卷十所云,左兵于弘光元年四月初四日陷九江。因与袁继咸之约被毁,重病中的左良玉气恨呕血而卒,左军开始瓦解。其子左梦庚挥军继续沿江东下,在安徽铜陵被黄得功击败。五月初二,左兵再败于池州。左梦庚劫持九江总督袁继咸降清。左病逝前,柳已先期东下。　　⑦马提督:马逢知,原名进宝,字惟善。辽东籍,陕西隰州人。(《明季南略》卷十六)曾参加过李自成农民起义军,为闯将,号马铁梐。后降清,改名马逢知。据《江南通志》卷一一一,顺治十二年(1655)起,直至十八年(1661),马任江南全省提督军门,即江南提督,驻松江。顺治十六年(1659)七月,郑成功率军北上围南京。马向郑递书降,且拒奉两江总督郎廷佐入援檄文。郑军败,马被清廷诱入北京,磔杀。柳敬亭在马逢知军中情况,吴伟业在《楚两生行并序》(作于顺治九年)中云:"柳生近客于云间帅,识其必败,苦无以自脱。"并表示了对柳处境的关切。则柳顺治九年当在松江。时马逢知已驻军松江,但尚未被清政府正式任命为江南提督。　　⑧《秦叔宝见姑娘》:故事内容见《隋唐演义》第十三、十四回,是柳最擅长的段子之一。

　　莱阳姜如须①,游于李十娘家,渔于色,晬不出户。方密之、孙克咸并能屏风上行。漏下三刻,星河皎然,连袂间行,经过赵、李,垂帘闭户,夜人定矣。两君一跃登屋,直至卧房,排闼拍张,势如盗贼。如须下床跪称:"大王乞命!毋伤十娘!"两君掷刀大笑,曰:"三郎郎当!三郎郎当②!"复呼酒极饮,尽醉而散。盖如须行三。郎当者,畏辞也。如须高才旷代,偶效樊川③,略同谢傅④,秋风团扇⑤,寄兴扫眉⑥,非沉溺烟花之比。聊记一条,以存流风余韵云尔。

①姜如须:姜垓(1614—1653),字如须,号笯笞。山东莱阳人。崇祯
十三年(1640)进士。官行人。如须是余澹心知交,复社成员。弘光时,
马、阮煽构党祸,欲杀如须。如须逃往浙东山中。入清,隐居吴门而卒。
②三郎郎当:语出罗大经《鹤林玉露》卷六。记云:"明皇自蜀还京,……
闻驼马所带铃声,谓黄幡绰曰:'铃声颇似人言语。'幡绰对曰:'似言三
郎郎当! 三郎郎当!'明皇愧且笑。"唐明皇小名三郎。　③樊川:杜
牧,其故乡有樊川(今陕西长安县南),著有《樊川集》。　④谢傅:谢
安,卒赠太傅。　⑤秋风团扇:本指汉成帝时班婕妤的故事。婕妤美
而能文,为帝宠爱。赵飞燕姊妹得宠,冠于后宫。婕妤自知恩薄,惧得
罪,求供养太后于长信宫,并为赋《纨扇诗》以自伤。诗云:"新裂齐纨
素,皎洁如霜雪。裁成合欢扇,团团似明月。出入君怀袖,动摇微风发。
常恐秋节至,凉飚夺炎热。弃捐箧笥中,恩情中道绝。"(《古诗源》卷二)
⑥扫眉:此指扫眉才子,注见下节。

陈则梁,人奇文奇,举体皆奇。尝致书眉楼,劝其早脱风
尘,速寻道伴,言词激切①。眉生遂择主而事。诚以惊弓之
鸟,遽为透网之鳞也。扫眉才子②,慧业文人③,时节因缘,不
得不为延津之合矣④。

①"尝致书"四句:陈则梁致冒襄信云:"我力劝彼(按:指顾眉)出风
尘,寻道伴,为结果计。辟疆相见,亦以此语劝之。"(《同人集》卷四)可
知陈则梁不但为顾眉遭诬事进行调解,还力促其早脱乐籍。为人之诚
如此,奇也。　②扫眉才子:有文学才华之女子。唐薛涛善诗,暮年
屏居浣花溪。王建《寄蜀中薛涛校书》云:"万里桥边女校书,枇杷花下
闭门居。扫眉才子知多少,管领春风总不知。"　③慧业:佛教指生来

赋有智慧的业缘。此谓天生聪慧。　　④延津之合:《晋书·张华传》载:雷焕受张华遣为丰城令,得一石函,中有二剑。焕送一剑与华,留一剑自佩。华得剑,致书焕曰:"详观剑文,乃干将也,莫邪何复不至? 虽然,天生神物,终当合耳。"华诛,失剑所在。焕卒,其子持剑行经延平津,腰间剑忽跃出堕水,河中二龙蟠萦,波浪惊沸,于是失剑。此以喻龚鼎孳、顾眉之结合。

十七、八女郎歌"杨柳岸,晓风残月"①,若在曲中,则处处有之,时时有之。予作《忆江南》词有云:"江南好景本无多,只在晓风残月下②。"思之只益伤神,见之不堪回首矣。

①"杨柳岸,晓风残月":宋著名词人柳永《雨霖铃》中的名句。宋俞文豹《吹剑续录》云:东坡在玉堂日,有幕士善歌。因问:"我词何如柳七?"对曰:"柳郎中词,只合十七、八女郎,执红牙板,歌'杨柳岸,晓风残月'。学士词,须关西大汉,铜琵琶,铁绰板,唱'大江东去'。"东坡为之绝倒。　　②此词今未见,或已佚。

沈公宪以串戏见长①,同时推为第一。王式之中翰、王恒之水部②,异曲同工。游戏三昧③,江总持、柳耆卿依稀再见④,非如吕敬迁、李仙鹤也⑤。

①沈公宪:著名戏剧演员,详情待查。《杂记》卷中之沈元、卷下前段之沈元甫,不知是否同一人。　　串戏:演戏。张岱《陶庵梦忆》卷六《彭天锡串戏》:"彭天锡串戏妙天下。……曾五至绍兴,到余家串戏五、六十场,而穷其技不尽。"　　②王式之、王恒之:见前注。　　③游戏三昧:佛教语。佛徒以自在无碍,而常不失定意叫游戏三昧。游戏,谓自在无碍。三昧,谓正定。《景德传灯录》卷八:"(普愿)扣大寂之室,顿

然忘筌,得游戏三昧。"佛教之义,诸佛菩萨以专心救济众生为游戏,故云。后亦以作游戏之事为游戏三昧。《庚溪诗话》卷下:"东坡谪居齐安时,以文笔游戏三昧。"(《历代诗话续编》)　④江总持:江总(519—594),字总持。河南兰考人。仕梁,官太子中舍人。陈时官至尚书令,人称江令。好学能属文,尤善五、七言诗。然伤于浮艳,为后主陈叔宝所宠幸,不理政务,与孔范、陈暄等,终日游宴后庭,时称"狎客"。　柳耆卿:柳永,原名三变,字耆卿。排行第七,人称柳七。北宋著名词人。景祐元年进士,官屯田员外郎。为人放荡不羁,多游狭斜。工词,其作音律柔和,语言清新。教坊乐工每创新腔,必求柳永作词,始行于世。对宋词发展有一定影响。有《乐章集》。　⑤吕敬迁、李仙鹤:唐朝艺人。以善演《参军误》著名。《乐府杂录·俳优》:"开元中,有李仙鹤善此戏,明皇特授韶州同正参军,以食其禄。是以陆鸿渐撰词云'韶州参军',盖由此也。"尔后善此戏者,"武宗朝,有曹叔度、刘泉水,咸通以来,即有范传康、上官唐卿、吕敬迁等三人。"

　　乐户有妻有妾,防闲最严,谨守贞洁,不与人客交言。人客欲强见之,一揖之外,翻身入帘也。乱后,有旧院大街顾三之妻李三娘者①,流落江湖,遂为名妓。忽为非类所持②,暴系吴郡狱中。余与刘海门梦锡兄弟及姚翼侯、张鞠存极力拯之③,致书司李李蠛庵④,仅而得免。然亦如严幼芳、刘婆惜⑤,备受箠楚决杖矣。三娘长身玉色,倭堕如云⑥,量洪善饮,饮至百觥不醉。时辛丑中秋之际⑦,庭桂盛开,置酒高会。黄兰岩、方邵村及玉峰女士冯静容偕来⑧。居停主人金叔侃⑨,尽倾家酿,分曹角胜,轰饮如雷,如项羽、章邯钜鹿之战,诸侯皆作壁上观⑩。饮至天明,诸君皆大吐,静容亦吐,髻鬟委地,或横卧地上,衣履狼藉。惟三娘醒,然犹不眠,倚桂树也。兰岩贾其余勇,尚与翼侯喝拳,各尽三、四大斗而别。嗟

乎！俯仰岁月之间，诸君皆埋骨青山，美人亦栖身黄土。河山
邈矣，能不悲哉！

①旧院大街：在今南京市武定桥东经大石坝街，至白鹭洲公园西
止。南京地志有"院门口"，在东花园西，琵琶巷东，当为大街之东南口。
《同治上江两县志》卷五："院门口，旧院门口也。" ②非类：行为不正
之人，亦指匪人，歹徒。《世说新语·赏誉》："王蓝田（述）为人晚成。"注
引《晋阳秋》："述体道清粹，简贵静正，怡然自足，不交非类。" ③刘
海门：刘余生。《畿辅通志》卷六十："刘余生，江南人。官生。"顺治七年
（1650）官通、密兵备道。龚鼎孳《定山堂全集》卷二十三有《刘海门阃卿
观察通密》诗。疑刘余生字梦锡，号阃卿。其他情况，兄弟何人，均待
查。 姚翼侯：姚文燕，字翼侯，号小山。安徽桐城人。顺治八年
（1651）举人，十八年（1661）进士，授江西德安县令，后改任主事。未受职
而卒，年四十五。有《春草园诗文集》（《道光桐城续志》卷十二） 张鞠
存：张新标（1617—1679），字鞠存，号淮山。山阳（今江苏淮安）人。望社
成员。顺治六年（1649）进士。官户部主事。以文学吏才称于时。（《江
南通志》卷一四三） ④司李：一作司理。明时，府设推官，专理一府
之刑名，俗称司理。清初因之，康熙六年废。（《清史稿·职官志》） 李
蟛庵：李壮，字蟛庵。山东济宁人。顺治进士。康熙元年正月至二年五
月间任苏州府推官。（《苏州府志》卷五十五） ⑤严幼芳：严蕊，字幼
芳。宋天台营妓。善琴弈、歌舞、丝竹、书画，色艺冠一时。后遭诬两次
系狱，备受刑杖，委顿几死，终终不妄言。 刘婆惜：元代乐人李四之
妻。颇通文墨，滑稽善舞，迥出其流，时贵多重之。一日，偕其所好宵
遁。事觉决杖。（《青楼集》） ⑥倭堕：古代妇女发髻名。《陌上桑》：
"头上倭堕髻，耳中明月珠。"（《古诗源》卷三） ⑦辛丑：顺治十八年
（1661）。 ⑧黄兰岩：黄宣泰，字兰岩。江苏淮安人。顺治进士，授
大理寺评事，晋户部郎中，擢宁夏兵备道。闻母讣，以哀毁卒。（光绪
《淮安府志·人物志》） 方邵村：方亨咸，字吉偶，号邵村。安徽桐城

人。方拱乾次子。顺治四年(1647)进士,官御史。善书画。以科场案牵连流宁古塔,康熙初年释归。(《国朝耆献类征初编》卷一三三)　　冯静容:苏州、太仓一带名妓。《续本事诗》卷九:"冯静容,江上名妓也。意度潇洒,风韵不减徐娘。尝登场演剧,一座倾靡。"　　⑨居停:栖止、歇足之处。亦指租寓之所。《宋史·丁谓传》:"丁谓顾(王曾)曰:'居停主人勿复言。'"此处指会饮作东之家。　　金叔侃:待查。　　⑩"如项羽"二句:《史记·项羽本纪》:"章邯破项梁军,渡河击赵,围钜鹿。当是时,楚兵冠诸侯。诸侯军救钜鹿,下者十余壁,莫敢纵兵。及楚击秦,诸将皆从壁上观。楚战士无不一以当十。楚兵呼声动天,诸侯军无不人人惴恐。"

　　吴兴太守吴园次《吊董少君诗序》有云①:"当时才子,竞著黄衫②;命世清流,为牵红线。玉台重下,温郎信是可人③;金屋偕归,汧国遂成佳妇④。"是时,钱虞山作于节度,刘渔仲为古押衙⑤,故云云尔。辟疆老矣,一觉扬州,岂其梦耶!

　　①吴园次:即吴绮。见前注。吴绮于康熙五年至八年间官湖州知府。　　②黄衫:唐朝少年之华服。《新唐书·礼乐志》:"唐明皇使乐工少年姿秀者衣黄衫,立左右。"　　③"玉台"二句:温郎,温峤(288—329),字太真。山西祁县人。尝与刘琨在山西共同抗御刘聪、石勒。后南归,先后平定王敦、苏峻之乱,官至中书令、骠骑大将军。卒谥忠武。《世说新语·假谲》有温峤以玉镜台为定礼,娶从姑刘氏之女,而成就一段美满姻缘的故事。元代戏剧家关汉卿据此编撰杂剧《温太真玉镜台》。　　④"金屋"二句:汧国,即李娃。其事见唐白行简所著传奇《李娃传》。长安倡女李娃,与荥阳公之子某生相好。分手后,经生死波折而又重逢。在李娃支持下,某生勤苦自奋,终于大比之年,策名第一。婚后,夫累迁清显之任,娃封汧国夫人。　　⑤"钱虞山"二句:指钱谦益、刘渔仲尽力为董小宛脱籍,玉成与冒襄之婚事。于节度,疑为于颐。

唐元和二年(807),于任山南东道节度使,为子季友求尚主。上以皇女普宁公主妻之。(《资治通鉴》卷二三七)　古押衙,唐代传奇故事中一位有侠肝义胆的官员。故事见《刘无双传》。刘无双是位才艺双绝的女子。其父刘震,曾将其许配甥王仙客。后刘震被杀,无双没入禁掖。王仙客乞古押衙设法出之。无双既出,押衙遂自杀。后以喻舍生救人,成人之好者。古,姓;押衙,管理牙兵的官员。

　　李贞丽者①,李香之假母。有豪侠气,尝一夜博输千金立尽。与阳羡陈定生善②。香年十三,亦侠而慧。从吴人周如松受歌③,《玉茗堂四梦》皆能妙其音节④,尤工琵琶。与雪苑侯朝宗善⑤。阉人儿某者,欲内交于朝宗,香力谏止,不与通⑥。朝宗去后,有故开府田仰以重金邀致香⑦。香辞曰:"妾不敢负侯公子也。"不往。盖前此阉儿恨朝宗,罗致欲杀之,朝宗跳而免;并欲杀定生也,定生大为锦衣冯可宗所辱⑧。

　　①李贞丽:字淡如。工书画。著有《歆芳集》。(《露书》)　　②陈定生:陈贞慧(1604—1656),字定生。江苏宜兴人。诸生。明末著名四公子之一,复社成员。乙酉马、阮重构党祸,陈定生被拘,险遭不测。入清,隐居不出。工诗文。　　③周如松:据梁启超先生考订,即《桃花扇传奇》中之苏崑生。(《桃花扇》梁启超注本,第二出)《梅村诗集》卷四有《楚两生行》,其一即《蔡州苏崑生》。《口占赠苏崑生》自注:"苏生,固始人。"苏是南京著名艺人,工戏曲。乙酉初,与柳敬亭同客左幕,后流落吴中数年。　　④《玉茗堂四梦》:一名《临川四梦》,包括《紫钗记》、《还魂记》、《南柯记》与《邯郸记》四种传奇,皆明代大戏剧家汤显祖所著。玉茗堂是他的居室名。　　⑤侯朝宗:侯方域(1618—1655),字朝宗,号雪苑。河南商丘人。明末著名四公子之一。复社成员。明诸生。乙酉党祸兴,侯先一日脱逃,渡江依史可法,被遣入高杰幕。入

清,中乡试副榜。以古文擅名于世。　　⑥"香力谏止"二句:侯方域《李姬传》(载《秦淮广记》卷二之四)称:"姬私语侯生曰:'妾少从假母识阳羡君,其人有高义。闻吴君尤铮铮。今皆与公子善。奈何以阮公负至交乎?且以公子之世望,安事阮公?公子读万卷书,所见岂后于贱妾乎!'侯生大呼称善。"　　⑦田仰:以与马士英亲戚而在弘光朝官维扬巡抚,提督军务,兼理海防。田尝以金三百镪邀李香一见。香曰:"今乃利其金而赴之,是妾卖公子矣!"卒不往。(《李姬传》)叶衍兰在《秦淮八艳图咏》中亦云:对田仰之邀,"香拒之力;田使人劫取,未果。"李香后被选入宫。"南都亡,只身逃出。后依卞玉京以终。"(同上)
⑧"定生"句:关于陈定生被拘事,黄宗羲《陈定生墓志》云:阮大铖得势,依讨阮檄文所列姓名,"以选《蝗蝻录》,思一网杀之。仲驭下狱死,眉生、次尾、崑铜皆亡命,余与子方从徐署丞,疏逮问。而定生亦为校尉缚至镇抚,事虽解,已滨十死矣。"(《复社姓氏传略》卷首《事略》引)冯可宗,山东益都人。甲申南渡,任都督,掌锦衣卫事,为马、阮爪牙。

　　云间才子夏灵首作《青楼篇》寄武塘钱漱广①。末段云:"二十年来事已非,不开画阁锁芳菲。那堪两院无人到,独对三春有燕飞。风弦不动新歌扇,露井横飘旧舞衣。花草朱门空后阁,琵琶青冢恨明妃②。独有青楼旧相识,蛾眉零落头新白。梦断何年行雨踪,情深一调留云迹。院本伤心正德词,乐府销魂教坊籍。为唱当时《乌夜啼》③,青衫泪满江南客④。"观此,可以尽曲中之变矣。悲夫!

　　①夏灵首:夏完淳(1631—1647),原名复,字存古,号灵首(一作灵犀),一号玉樊。松江(今属上海市)人。著名抗清义士。云间,松江之古称。其父夏允彝,崇祯十年(1637)进士,官吏部主事。抗清失败,自杀。完淳十四岁从父及陈子龙抗清,鲁王封为中书舍人。兵败被俘,英

勇就义。时年仅十七岁。　《青楼篇》：七言古诗,原名《青楼篇与漱广同赋》,该篇详尽描述了明末青楼的情状,揭露了神宗纵容下王孙贵族与达官显宦骄奢淫侈、贪迷声色的腐朽生活,最终导致了政权覆亡,青楼劫灰,美人尘土。《杂记》所引,为诗篇之最后十六句。　钱漱广：钱熙(1620—1646),字漱广。浙江嘉善武塘镇人。其父钱栴,明崇祯六年(1633)举人,官兵部郎中,受隆武帝封为太仆卿。钱栴因参加抗清斗争而被捕,与婿夏完淳同时遇害于南京。漱广沉静简默,少负俊才,工诗善画。病卒。(《槜李诗系》卷二十二,《明诗综》卷八十下)　②“琵琶”句：青冢,昭君墓,在内蒙古自治区呼和浩特市南郊。明妃,王嫱,字昭君,湖北秭归人。汉元帝时被选入宫。竟宁元年(前33),自请嫁匈奴呼韩邪单于,称宁胡阏氏。晋时为避司马昭讳,改称明君,又称明妃。杜甫《咏怀古迹五首》之三：“一去紫台连朔漠,独留青冢向黄昏。”“千载琵琶作胡语,分明怨恨曲中论。”　③《乌夜啼》：乐曲名。本南朝宋彭城王刘义康所作。今所传歌,已非原旨,多为男女离别苦思之词。夏诗意似在此。　④“青衫”句：白居易《琵琶行》：“就中泣下谁最多,江州司马青衫湿。”

附录一

　　宋蕙湘,秦淮女也。兵燹流落,被掳入军。至河南卫辉府城,题绝句四首于壁间。云:"风动江空羯鼓催,降旗飘飐凤城开[①]。将军战死君王系[②],薄命红颜马上来。""广陌黄尘暗髻鸦,北风吹面落铅华。可怜夜月《箜篌引》[③],几度穹庐伴暮笳[④]。""春花如绣柳如烟,良夜知心画阁眠。今日相思浑似梦,算来可恨是苍天。""盈盈十五破瓜初[⑤],已作明妃别故庐。谁散千金同孟德,镶黄旗下赎文姝[⑥]?"后跋云:"被难而来,野居露宿。即欲效章嘉故事[⑦],稍留翰墨,以告君子,不可得也。偶居邸舍,索笔漫题,以冀万一之遇。命薄如此,想亦不可得矣。秦淮难女宋蕙湘和血题于古汲县前潞王城之东[⑧]。"潞王城,潞藩府第也。

　　[①]凤城:京城。杜甫《夜》:"步蟾倚杖看牛斗,银汉遥应接凤城。"清人仇兆鳌注引赵次公曰:"秦穆公女吹箫,凤降其城,因号丹凤城。其后言京城曰凤城。"这里凤城指南京。顺治二年乙酉五月十四日,清军进抵南京城郊,赵之龙等率文武官员开城迎降。(《小腆纪年附考》卷十,《明季南略》卷四)　　[②]将军战死:指明靖国公黄得功血战疆场,英勇殉国。　　(见《小腆纪年附考》卷十,《小腆纪传》卷二十一)　君王系:指弘光皇帝朱由崧从南京逃至芜湖,被降清将领刘良佐擒捉押回南京献给清军。(同上)　　[③]《箜篌引》:汉曲,又名《公无渡河》。据崔豹《古今注》:有一白首狂夫,披发提壶,渡河溺死。其妻随而救之不及,于是援箜篌而鼓之,作《公无渡河》之曲,声甚凄怆。曲终,亦投河而死。朝鲜津卒霍里子高之妻丽玉十分悲伤此事,乃引箜篌而写其声,成《箜篌

引》。　　④穹庐:毡帐。《汉书·匈奴传》:"匈奴父子同穹庐卧。"颜师古注:"穹庐,旃帐也。其形穹隆,故曰穹庐。"此指军队帐篷。　　⑤盈盈:仪态美好,多指女子。《古诗十九首》之二:"盈盈楼上女,皎皎当窗牖。"　　⑥镶黄旗:清军编制的八旗之一。八旗包括:正黄、镶黄、正白、镶白、正红、镶红、正蓝、镶蓝。前三旗为上三旗。帝室侍卫,皆出自上三旗。宋蕙湘为镶黄旗将领所掳。除满洲八旗外,还有汉军八旗、蒙古八旗。　文姝:指宋蕙湘。赎文姝,乃用曹操赎文姬事。东汉女诗人蔡琰,字文姬。陈留圉(今河南杞县南)人。大学者蔡邕之女。博学有文才,通音律。初嫁河东卫仲道;夫死,归母家。东汉末战乱,琰为董卓部众所掳,归南匈奴左贤王。十二年后,曹操以重金赎归,再嫁董祀。著有《悲愤诗》等。此以蔡琰代指蕙湘本人,并以赎文姬故事,强烈表达希望被解救的急迫心情。　　⑦章嘉故事:指会稽女子于壁间题诗事。《续本事诗》卷七载:兖东新嘉驿壁间有题字云:"余生长会稽,幼攻书史,年方及笄,适于燕客。嗟林下之风致,事腹负之将军。加以河东狮子,日吼数声。今早薄言往诉,逢彼之怒,鞭笞乱下,辱等奴婢,余气溢填胸,几不能起。嗟乎! 余笼中人耳,死何足惜。但恐委身草莽,湮没无闻,故忍死须臾,候同类睡熟,窃至后亭,以泪和墨,题诗于壁。庶知音读之,悲余生之不辰也。"下有绝句三首。疑章嘉或当是"新嘉"。⑧潞王城:乃明潞王藩邸,在河南卫辉府。宋蕙湘题诗汲县壁,影响颇大,不仅多种著述记载此事,也有不少名诗人唱和。除《杂记》外,《明季南略》卷四有记,并录前两首诗;《明诗综》卷八十二亦记;陈维崧《妇人集》亦记,并录诗一首。

　　燕顺,淮安妓女也。年十六,知义理。每厌薄青楼,以为不可一日居。甲申三月,凤阳督师马士英标下兵鼓噪而散①,突至淮城西门外,马、步五、六百人,掳掠甚惨。妓女悉被擒,顺独坚执不从。兵以布缚之马上。顺举身自奋,哭詈不止,兵竟刃之。

①凤阳督师:凤阳总督。按《小腆纪年附考》卷五记,甲申五月初八至十一日间,马士英"率兵由淮赴江,船千二百艘。先至者焚劫淮安西门外"。据此,《杂记》所云"三月",或当为"五月"。

又,山东郯城县之李家庄,旗亭壁间题三绝句。云:"不扫双蛾问碧纱,谁从马上拨琵琶?驿亭空有归家梦,惊破啼声是夜筇。""日日牛车道路赊①,遍身尘土向天涯。不因薄命生多恨,青冢啼鹃怨汉家。""惊传县吏点名频,一一分明汉语真②。世上无如男子好,看他髡发也骄人③。"末书云:"吴中羁妇赵雪华题。"

①赊:长,远。   ②汉语:讲汉语,指传驿中点名之县吏乃汉人而降清者。   ③髡发:古代一种剃去头发的刑罚。此指汉人按清政府规定,以满俗而剃发。

凡此数者,皆群芳之萎道旁者也。

附录二 盒子会

沈石田作《盒子会辞》①。其序云:"南京旧院,有色艺俱优者,或二十、三十姓,结为手帕姊妹。每上元节②,以春橐、巧具、骰核相赛,名'盒子会'。凡得奇品为胜,输者具酒酬胜者。中有所私③,亦来挟金助会。厌厌夜饮④,弥月而止。席间设灯张乐,各出其技能。赋此以识京城乐事也。"辞云:"平康灯宵闹如沸,灯火烘春笑声内。盒奁来往斗芳邻,手帕绸缪通姊妹。东家西家百络盛,装骰钉核春满橐。豹胎间挟鳇冰脆,乌榄分搋椰玉生。不论多同较奇有,品色输无例赔酒。呈丝逞竹会心欢,袁钞裈金走情友。哄堂一月自春风,酒香人语百花中。一般桃李三千户,亦有愁人隔墙住。"

①沈石田(1427—1509):沈周,字启南,号石田,又号白石生(一做白石翁),自署云倚翠生。江苏吴县人。著名画家。擅画山水,兼工花鸟。《盒子会辞》著于明弘治二年(1489)。　②上元节:即农历正月十五元宵节。按:《杂记》此段引文有错字数处,现据沈周原文改正,不一一注明。　③所私:感情独厚者,偏爱的人。　④厌厌:长久。《诗·小雅·湛露》:"厌厌夜饮,不醉无归。"

后　跋

　　狭邪之游，君子所戒。然谢安石东山携妓，白香山眷恋温柔[①]。一则称"江左风流"，一则称"广大教化"[②]。因偶适其性情，亦何害为君子哉？唐有处士李戡者[③]，痛恶元、白诗[④]，谓其纤艳不逞，淫言媟语，入人肌骨，不可除去[⑤]。秀铁面亦诃黄鲁直作为绮诗[⑥]，当堕泥犁地狱[⑦]。余之编斯记也，将毋为李处士所诟、秀铁面所诃乎！然管仲相桓公[⑧]，置女闾七百[⑨]，征其夜合之资以富国[⑩]。则始作者，其惟管仲乎！孟子之卑管、晏[⑪]，有以哉！有以哉！余甲申以前，诗文尽皆焚弃。中有赠答名妓篇语甚多，亦如前尘昔梦，不复记忆。但抽毫点注，我心写兮。亦泗水潜夫记《武林旧事》之意也[⑫]。知我罪我，余乌足以知之。

　　①白香山：白居易(772—846)，字乐天，晚号香山居士。　　②广大教化：广大教化主。唐张为撰《诗人主客图》，将唐代诗人按作品内容与风格分为六类，各以一人为主，主下为客，分升堂、入室、及门。著录近百人。尊白居易为诗人之首，称为广大教化主。　　③李戡：字定臣。甘肃陇西人。唐开成元年(836)，平卢军节度使王彦威礼聘为巡官。次年春，西归，病于路，卒于洛阳。(《樊川文集》卷九《唐故平卢军节度巡官陇西李府君墓志铭》)　　④元、白：元稹(779—831)与白居易。元字微之，河南洛阳人。官至同中书门下平章事。著名诗人，与白居易常相唱和，世称元白。　　⑤"谓其"四句：所记见《樊川文集》卷九《李戡墓志铭》。　　⑥秀铁面：僧人法秀，亦有作道人法秀、秀法师。　　⑦"当堕"句：《宋稗类钞》卷六《箴规》："法秀师尝语黄鲁直曰：'公作艳

歌小词,可罢之。'鲁直曰:'空中语耳,非杀非偷,不至作此堕恶道。'师
曰:'君以笔墨诲淫于我法中,当堕泥犁之狱,岂止堕恶道而已。'"
⑧管仲(? —前645):名夷吾,字仲。春秋齐国颍上人。著名政治家。
齐桓公任命他为卿,尊为"仲父"。　　⑨女闾:妓女集中居住的地方,
始于齐。齐桓公于"宫中设市,以便行商"。《战国策·东周策》:"齐桓
公宫中七市,女闾七百。国人非之。"　　⑩"征其"句:明人谢肇淛曰:
"管子之治齐,为女闾七百,征其夜合之资,以佐军国。"(《五杂俎》卷八)
　　⑪孟子卑管、晏:语见《孟子·公孙丑上》。晏,晏婴(? —前500),
字平仲。春秋时期齐国人。历仕灵公、庄公、景公三世为卿,是著名的
政治家。　　⑫泗水潜夫:周密(1232—1298),字公谨,号草窗,又号泗
水潜夫,晚号弁阳老人。浙江吴兴人。南宋词人。《武林旧事》十卷,乃
宋亡后,周密追述当时宫观之盛、湖山之美、君臣游宴之欢,以感慨南宋
统治之腐朽而导致政权覆亡。作者在序中写道:"及时移物换,忧患飘
零,追想昔游,殆如梦寐,而感慨系之矣。……噫! 盛衰无常,年运既
往。后之览者,能不兴忾我痛叹之悲乎!"

三◇吴◇游◇览◇志

〔清〕余　怀　著

序

　　余子博览载籍,耽情山水,游屐半东南。随见辄纪,日无虚策。顷来吴下,探胜选幽,山巅水涯,烟墨葱蔚。偶刻《三吴游览》一书,余伏而读之,曰:嗟乎! 异哉! 古今一时一事、一草一木,遇其人则传,不遇其人,则湮灭无闻者多矣。然其间哀乐之趣不同,要以性情触之,发为歌啸,著为文章,各自孤行一意。而兴会机境,因之以传,如阮步兵途穷之哭①,谢康乐凿山之游②,谢太傅泛海之舟③,韩吏部华山之恸④,皆是也。今余子汗漫寥萧,玄情绝照,虽陶写于丝竹⑤,总无损其神明。推己外求,可以累心处都尽。昔务观《蜀记》有事而无诗⑥,致能《吴船》详今而略古⑦,而余子兼之,尺幅中居然有万里之势。抑何必抚琴动操,而后众山皆响也哉⑧!

娄东吴伟业骏公撰

①阮步兵:阮籍(210—263),字嗣宗,河南尉氏人。竹林七贤之一。尝官步兵校尉,世称阮步兵。为人旷达不羁,不拘礼俗。有《阮步兵集》。《晋书·阮籍传》:"时率意独驾,不由径路,车迹所穷,辄痛哭而返。"　②谢康乐:谢灵运(385—433),阳夏(今河南太康县)人。晋车骑将军谢玄孙。袭封康乐公。南朝宋著名诗人。宋文帝时历官侍中。后坐事流徙广州,以罪被杀。《南史·谢灵运传》:"灵运因祖父之资,生

业甚厚,奴僮既众,义故门生数百,凿山浚湖,功役无已。寻山陟岭,必造幽峻,岩嶂数十重,莫不备尽。登蹑常著木屐,上山则去其前齿,下山去其后齿。尝自始宁南山伐木开径,直至临海,从者数百。" ③谢太傅:谢安。《世说新语·雅量》:"谢太傅盘桓东山时,与孙兴公诸人泛海戏。风起浪涌,孙、王诸人色并遽,便唱使还。太傅神情方王,吟啸不言。舟人以公貌闲意说,犹去不止。既风转急,浪猛,诸人皆喧动不坐。公徐云:'如此将无归。'众人即承响而回。于是审其量,足以镇安朝野。" ④韩吏部:韩愈(768—824),字退之。河南南阳人。贞元八年(792)进士,官至吏部侍郎。诗风雅健奇崛,力倡古文运动,为"唐宋八大家"之一。唐李肇《国史补》卷中《韩愈登华山》:"韩愈好奇,与客登华山绝峰。度不可返,乃作遗书,发狂恸哭。华阴令百计取之乃下。" ⑤陶写于丝竹:典出《世说新语·言语》:(王右军曰:)"年在桑榆,自然至此。正赖丝竹陶写,恒恐儿辈觉,损欣乐之趣。" ⑥务观:陆游(1125—1210),字务观,号放翁。山阴(今浙江绍兴)人。宋孝宗时,赐进士出身,除枢密院编修,以宝章阁待制致仕。工诗词。《蜀记》,指陆游所著《入蜀记》六卷,记叙乾道六年庚寅(1170)由山阴出发,经建康沿江上溯至夔州(今重庆奉节)的旅行经历,详述沿途山川、风土、古迹等。⑦致能:范成大(1126—1193),字致能,号石湖居士。浙江湖州人。绍兴二十四年(1154)进士,累官参知政事。有文名,尤工诗。《吴船》,即范成大著《吴船录》二卷,记叙从成都乘船至临安(今浙江杭州)沿途的名胜古迹。杜甫诗云:"门泊东吴万里船。"本书取名据此。 ⑧"而后"句:《宋书·宗炳传》:"有疾还江陵,叹曰:'老、疾俱至,名山恐难遍睹。唯当澄怀观道,卧以游之。'凡所游履,皆图之于室,谓人曰:'抚琴动操,欲令众山皆响。'"此反其意而用之。

三吴游览志

　　家居不乐,驾言出游①,为彼饥驱,图斯济胜。凡江山花鸟、洞壑烟云、画舫朱楼、绮琴锦瑟、美人名士、丽客高僧,以及荒榭遗台、残碑寒驿,触目所经,随手辄记。披襟领契,若置其身于空青缥碧之间,而不复知行路之艰难与羁旅之憔悴矣。昔庐陵《于役》②,东莱《卧游》③,并以兴情,著诸编简。峥嵘萧瑟,慨独在余! 匪云抽今古之思,实亦历寒暑之变。如天之雨,雨大雨小,自具方圆;似鸟之鸣,鸣夏鸣春,各谐音律。斯游览之所由志,而日历之所以详也欤。

　　①驾言:乘车。言,语助。《诗·邶风·泉水》:"驾言出游,以写我忧。"　②庐陵:今江西吉安。此代指北宋欧阳修(1007—1072),字永叔,自号醉翁,晚号六一居士。庐陵人。官至参知政事。卒谥文忠。《于役》:景祐三年,欧阳修贬官夷陵,著《于役志》一卷,记录每日旅途情况。书名取自《诗·王风·君子于役》:"君子于役,不知其期。"③东莱:吕祖谦(1137—1181),字伯恭。学者称东莱先生。宋婺州金华(今属浙江)人。祖籍寿州。孝宗隆兴元年进士,复中博学宏词科。与朱熹、张栻并称东南三贤。　《卧游》:吕祖谦所著《卧游录》,一卷。

　　四月初一。晴。策蹇出通济门,抵句容县,信宿水部钟无奇宅①。

　　①信宿:再宿。《左传·庄公三年》:"凡师,一宿为舍,再宿为信,过信为次。"注:"信者,住经再宿,得相信问也。"　钟无奇:待查。

初二。晴。野田黄雀,细路逶迤。薄暮,入丹阳城,晤方
坦庵太史于莲堂庵①。甘茗代醪,清谈如乐。时余夙疾未瘳,
抵掌论诗,忽不知沉疴之去于体也。作二诗赠之:

> 片帆如叶到孤城,过眼烟霞次第平。
> 静对佛灯闲太史,浪呼云气老狂生。
> 天涯流水俱为客,古道斜阳各有情。
> 来往祇今春又夏,穷愁犹是旧虞卿②。
>
> 青青河畔草如烟,夜雨频吹估客船。
> 病里每吟《枯树赋》③,到来先读《帝京篇》④。
> 一庵香绕莲华幕,十里莺啼麦秀天⑤。
> 对语寒山无片石,还将消息问龙眠⑥。

是夜,买扁舟,同陈清持、李俊卿宿河下。

①方坦庵:方拱乾(1596—1666),初名策若,字肃之,号坦庵,又号裕
斋、江东髯史、云麓老人,晚更号甦庵。安徽桐城人。明万历四十六年
(1618)举人,崇祯元年(1628)进士,授编修,迁少詹事。入清,隐居金陵
一带。顺治九年(1652),荐授翰林学士。旋以丁酉科场案谪戍宁古塔。
后赎归。 ②虞卿:战国游说之士,主张合从抗秦,以布衣而官赵国
上卿。后因拯救魏相魏齐而弃相位出走。困于梁,穷愁著书。有《虞氏
春秋》,已佚。 ③《枯树赋》:庾信(513—581)所著。信字子山,河南
新野人。初仕梁。奉使西魏,被留不放还。北周时,官至骠骑大将军,
开府仪同三司。《枯树赋》以树"婆娑生意尽矣",进而对人生"沉沦穷
巷,芜没荆扉,既伤摇落,弥嗟变衰"产生悲鸣。并引桓温之语发出慨
叹:"昔年种柳,依依汉南,今看摇落,凄怆江潭。树犹如此,人何以堪!"
④《帝京篇》:唐太宗李世民著。诗共十首,载《全唐诗》卷一。在《序》
中,李世民以为:"庶以尧舜之风,荡秦汉之弊;用咸英之曲,变烂熳之

音。求之人情,不为难矣。"因而"述《帝京篇》,以明雅志云尔"。
⑤麦秀:麦吐穗。麦秀当指四月,然亦有微意。《史记·宋微子世家》:
箕子朝周,过故殷墟,感宫室毁坏生禾黍,……乃作麦秀之诗以歌之:
"麦秀渐渐兮,禾黍油油。彼狡童兮,不与我好兮。" ⑥龙眠:山名,
在安徽桐城西北。此代指方拱乾。

初三。晴。舟抵奔牛①。《镇记》称,梁武掘蒋山②,得一
僧于土中,趺坐不动。以问释宝志③。志云:"此僧方入定耳。
以磬击之,则自出。"武乃以磬击于耳旁,僧惊奔。武使人追
之,至此化为牛。

①奔牛:镇名,在江苏武进县西。传说有金牛奔至此,故名。
②梁武:梁武帝萧衍(464—549),字叔达。南兰陵(今江苏常州)人。侯
景之乱,被俘困饿而死。 蒋山:钟山,三国孙吴时称蒋山。掘蒋山,当
指梁武帝时,在钟山大修寺庙。 ③释宝志(418—514):南朝著名僧
人。俗姓朱。金城(今江苏南京)人。梁武帝尤深敬之。

初四。微雨东风。自奔牛至无锡。望惠山在烟雾杳霭
间,似米南宫用湿笔作潆郁山水①,空濛有无,云气与天相接,
不复辨草树、峰峦、岭岫也。躐屐泉水旁,手挹漱齿,荡涤心
脾。嗟乎!泉之香清莹洁如此,而屈居第二②,正不知金山中
冷办何味?古人品藻,岂足据乎!汲数十罂入舟。薄暮,见返
照如赤玉盘,云霞捧之入海,真奇观也。作《海天落照歌》:

　　空青万里无纤云,明霞掩映红氤氲。
　　朗如赤玉拥球贝,飘若宝马行空群。
　　须臾仙盘堕远海,余光散作天孙文。
　　酒酣发狂望紫气,令人却忆李将军。唐小李将军曾作

此图③。

①米南宫:米芾(1051—1107),字元章,号鹿门居士,又称海岳外史、
襄阳漫士,世人称米南宫,亦称米巅。祖籍山西太原,徙居襄阳,晚居江
苏镇江。官礼部员外郎,知淮阳军,宣和间擢书画学博士。善画山水,
自成一家,所作多以烟云掩映。工诗文。　　②屈居第二:指惠山泉
水。据《无锡县志》,陆羽品天下水味,此其第二,名天下第二泉。
③小李将军:李昭道,李思训(651—716)子。李思训开元初官武卫大将
军,封彭国公,人称大李将军,李昭道因被称为小李将军。父子均以擅
画山水树石著名于世。

　　初五。晴。舟过虎丘,徘徊山门外,拟买一庵作六月
息①,饱餐枇杷、杨梅,此时未免作道逢曲车想也②。是日闻黄
鹂声,啖樱桃、甘蔗,买新芥茶。晚见初月,作《虎丘新绿歌》:

　　　郁然一丘高嵯峨,钟磬塔庙依藤萝。
　　　踯躅寺门望终古,布帆风饱无停波。
　　　栖崖湿云画欲滴,鹤飞涧冷经年碧。
　　　迢递楼台绿映红,新莺寂寂鸣朝夕。
　　　老我孤舟春水生,榜人刺促催我行。
　　　山灵笑我俗如此,我爱山灵长有情。
　　　婆娑茂树犹在眼,孟夏滔滔送余善。
　　　千人石上旧笙歌③,老子于兹兴不浅。

　　①六月息:语出《庄子·逍遥游》:"鹏之徙于南冥也,水击三千里,
抟扶摇而上者九万里,去以六月息者也。"　　②道逢曲车:杜甫《饮中
八仙歌》:"汝阳三斗始朝天,道逢曲车口流涎,恨不移封向酒泉。"曲车,
载酒车。　　③千人石:在虎丘山剑池旁。唐陆广微《吴地记》:(剑)池

旁有石,可坐千人,号千人石。"

初六。早,大雨打篷窗,侧侧有声。予梦乍醒,橹声咿哑,已至阊门矣。微曛射帆。观弇州《艺苑卮言》①,叹其博而不精,与升庵同病②,乃指瑕摘谬,无幽不阐,人苦不自知耳。至于论诗,搏击先辈无完肤,而独推一济南李生③,阿私所好如此!济南文规摹秦汉,字追句随,毋论已;乃其诗中"青云紫气"、"中原战伐"、"邢州大漠"、"白发黄金"、"秋风夜月"、"雨雪江山"、"登楼吹笛"、"碧草黄河"、"桃花燕子"、"长剑孤舟"、"风尘愁病"等语,层见迭出,用此则成章,离此则无什。而弇州至谓于鳞如大商舶,明珠异宝,贵堪敌国,下者亦是木难火齐④。噫嘻!此岂定论乎!信阳、北地,各肆讥评⑤;历下、琅琊,互相标榜⑥:皆非中道也。

①弇州:王世贞(1526—1590),字元美,号凤洲,又号弇州山人。江苏太仓人。嘉靖二十六年(1547)进士,官至南京刑部尚书。工诗文,尝领文坛风骚二十余年。其所著《艺苑卮言》八卷,是一部诗评之作。②升庵:杨慎(1488—1559),字用修,号升庵。四川新都人。正德六年(1511)进士第一,授修撰,充经筵讲官。以言受杖,谪戍云南。天启初,追谥文宪。广学博览,著述宏富。　③济南李生:李攀龙(1514—1570),字于鳞,号沧溟。山东历城(今山东济南)人。嘉靖二十三年(1544)进士,授刑部主事,累官河南按察使。诗文主复古。　④木难、火齐:皆宝珠名。《文选》曹植《美女篇》:"明珠交玉体,珊瑚间木难。"注引《南越志》:"木难,金翅鸟沫所成,碧色珠也。"又班固《西都赋》:"翡翠火齐,流耀含英。"注:"火齐,珠名。"　⑤"信阳"二句:信阳,何景明(1483—1521),字仲默,号大复。河南信阳人。弘治十五年(1502)进士,授中书舍人。官至陕西提学副使。北地,李梦阳(1473—

1530),字天赐,更字献吉,号空同子。甘肃庆阳人。弘治六年(1493)进士,授户部主事。官至江西提学副使。天启初,追谥景文。李、何与徐祯卿、边贡、王廷相、康海、王九思共称前七子,而李、何实为领袖。但成名以后,李、何又互相诋毁。何诮李"摇鞞振铎",李诮何"抟沙弄泥"。(《静志居诗话》卷十) ⑥"历下"二句:历下,指李攀龙。琅琊,谢榛(1495—1575),字茂秦,号四溟山人。山东临清人。有《四溟山人集》、《四溟诗话》等。李、谢与王世贞、宗臣、梁有誉、徐中行、吴国伦共称后七子,相互标榜。

　　初七。小雨。移舟三板桥,招王公沂相见。忆去年暮春,公沂与吴中诸君邀余清泛,挟丽人,坐观音殿前,奏伎丝肉杂陈,宫徵竞作,或吹洞箫、度雅曲,或挝渔阳鼓,唱"大江东"①。观者如堵墙。人生行乐耳,此不足以自豪耶!

　　①大江东:指苏轼《念奴娇·赤壁怀古》。该词首句为:"大江东去。"

　　初八。大风雨。与公沂坐舟中,洗岕自烹,香生一座。作《采茶记》①:

　　罗岕属湖州长兴县,东西二百余里,其名七十有二。由宜兴四安而进,以坟头为第一;自太湖合溪滩而进,以庙后为第一。而岕山所产则最多;更有高岕山,直踞其巅,名纱帽顶,种出群岕之上;其旁为涨沙、东圩。以受日阴阳,分茶品高下。故岕山胜涨沙,涨沙胜东圩云。岕有石门,深险幽窈,水声潨然,乍大乍细,人不敢入,惟白蝙蝠栖焉。烛之以火,则数千翔飞。相传为仙人往来,错若绮绣,望若层霄矣。立夏后十日开园,男女皆持筐沿采,旋采旋归,以便甑蒸。蒸法:用涧水,将草子贮甀中,不移时,取出,倾竹莇上揉之。其水频蒸顿易,恐久则水色绿,而芳香不发矣。揉法:三人阵立,人守一瓮,加竹莇于其上,以手轻揉,汁滴瓮中。俟叶绉软,方可上焙。焙法:以土制炉,大可五、六尺,高可二、三尺,下攒炽炭,上横竹莇数层,次第受茶。后来者居下,火气透于上,而氤氲如非烟、如卿云②,则茶功成矣。其最佳妙者为片茶。临采时取第二层、三层用之,老则褪香,嫩则减味;将叶削其蒂而抽其茎,生揉上焙,用水湛漉,不加蒸煮,色微黑而馨猛异常也。宝意曰:古嗜茶称卢、陆辈③,然多用饼丸,未见所谓叶茶者。即数十年以前,清卿韵士,水厄汤淫,亦止盛集于松萝大池,未见今所谓芥茶者。有之,自近代一僧始;而其精神品位,遂前无古,后无今矣。倘使卢、陆诸公见之,其癖嗜笃赏何如哉!

①《采茶记》:康熙十七年(1678),余怀(澹心)的《茶史补》印行之时,刘谦吉在《茶史补序》中明确指出:"内有《采茶记》、《沙苑侯传》及他著录,皆大有阐发。"清道光十三年(1833),杨复吉补辑的《昭代丛书》刊刻印行,收有《茶史补》一卷,已成残本,仅得《沙苑侯传》,于是宣布:"《采茶记》则竟作《广陵散》矣"。然自《三吴游览志》出,《采茶记》居然仍在,实为研究茶文化之一幸事。　②非烟、卿云:原谓祥云喜气,语出《史记·天官书》、此泛指云烟。　③卢、陆:卢指卢仝(795?—835),号玉川子。唐河南济源人,祖籍河北涿县。不求仕进。甘露之变,被杀。卢仝一生爱茶成癖,尝作茶歌一首,广为流传。陆指陆羽。

初九。早雨。家大人寿,遥献一觞。

初十。晴。摇棹至半塘。过姜如须旧宅①,作诗寄之:
隔岁相思吴县客,春风犹恋百花洲。

一莺啼送山中雨，双桨空摇塘上楼。

老去诗篇悲更壮，半生踪迹病兼愁。

停云若为传消息，爱尔真轻万户侯。

秃鬓单衫只苦吟，天涯芳草故人心。

万方多难惟高枕，千里重游未入林。

别后酒杯谁共把，寄来书札漫相寻。

孤舟只待枇杷熟，梦到青山泪满襟。

晚大月。与公沂对酌船头。五更，骤雨如注。蓬窗瑟瑟然天风海涛矣。

①姜如须：姜垓。入清，与兄姜埰隐居吴门。参见前《板桥杂记》注。

十一。晴。复至半塘。见舟中多丽人，急放中流，依稀登岸，回绕千人石簇，至平远堂。归舟，采群花入胆瓶，鲜馨染几案间。

十二。晴。暖甚，遂可御单衫。公沂携襆、琴同发。午，抵昆山。见舟中一女郎，鬓发如绿云，美姿容，衣罗绔，弄手腕荡桨，翩若惊鸿。杳不知其所之，可恨亦可怜也。作《昆山女郎荡桨歌》：

长河浪泻三千尺，笛吹一片山城碧。

击汰扬舲江海心，疏灯暮雨流离客。

飘飘仙舟自东来，有美一人罗裳开。

从风跳脱攘皓腕，华袿纤縠如飞埃。

嫣然笑向桥西去,杜鹃欲留留不住。

须臾随波凌青冥,桥边空种双槐树。

树上啼乌销我魂,几家流水绕孤村。

停桡夜写《洛神赋》,何处春风无泪痕。

十三。雨。至绿葭浜,停舟赵仲衡门外。仲衡,昆人。教授村塾,兼善医,足不入城市。去年经过此地,闻苇帘内读书声,披帷访之,布袍草屦,古风蔚然。携樽柳下,出茶笋相供,见其二子焉。今复来此,岸亭如故;叩门呼仲衡,趋出握手,过余舟剪烛西窗[①],恍焉若梦。

[①]剪烛西窗:典出李商隐《夜雨寄北》诗:"君问归期未有期,巴山夜雨涨秋池。何当共剪西窗竹,却话巴山夜雨时。"

十四。雨,大风。暮抵华亭,借寓徐武静西斋[①],晤陈开一、沈秀储及武静两郎。晚,饮慈寿堂。

[①]徐武静:徐致远(1614—1671),字武静。华亭(今上海松江)人。有文才,重气节,尚交游。是余澹心的密友。

十五。晴。过章少章[①],偕往陆墓,访陆子玄[②]。子玄云:"去岁此时,君乘画舫,挟意珠,招我于小桥古树之下。今倏忽经年,可胜日月如流之感。"午,赴司李陈天乙之招,复饮于李素心、王伊人、徐丽冲[③],观女郎楚云演《拜月亭》[④]。是时,云为一伧父所阨,蛾眉敛愁,低首含泪。讯之,云是郡守客逞势狼戾,非人所堪。观其态、色,真东坡所谓"石榴半吐红巾蹙"也⑤。

①章少章:章闇,字少章。华亭(今上海松江)人。几社成员。善
诗。是澹心的知交。顺治十年(1653),少章死,澹心作《哭章少章》以悼
之。　　②陆子玄:陆庆曾,字子玄,一字文孙。华亭(今上海松江)人。
明礼部尚书陆树声孙。几社成员。顺治丁酉举人。以序贡入都,会试
中式,遭诬下狱,白首遣戍辽左。(康熙《松江府志》卷四十二)陆子玄是
澹心的知交。　　③李素心:李愫,字素心。华亭(今上海松江)人。顺
治九年(1652)进士,授吏部主事,累擢湖广上江防道。卒于官。李愫是
余怀旧交。王伊人:王广心,字伊人,号农山。华亭(今上海松江)人。
几社成员。顺治六年(1649)进士,历官御史。乞归。尝与修《松江府
志》、《江南通志》。(《娄县志》卷二十五,《国朝耆献类征初编》卷一三
三)徐丽冲:徐允贞,字丽冲。华亭(今上海松江)人。　　④楚云:字庆
娘,故姓陆。云间名妓。后移居苏州。吴伟业有赠诗。《拜月亭》:原名
《闺怨佳人拜月亭》,著名元代剧作家关汉卿撰著的杂剧。《拜》剧描述
在战乱中,与家人失散的小姐王瑞兰,与书生蒋世隆邂逅,产生感情。
王、蒋婚事遭王父坚决反对。瑞兰无奈,拜月以诉对蒋衷情,怨嗟父母。
后蒋中状元,皇上赐婚,有情人终成眷属。　　⑤此为苏轼《贺新郎·
夏景》下阕首句。

十六。晴。访楚云。其母浣月,故善歌舞。窗壁洁清,几
榻香静,正引人著胜地也。晚,饮李恕存斋。

十七。晴。赴友鸿霭堂之宴①。堂三间,前窗后楹,杂种
梧竹。峭石森立,若鹤峙,若鸢停。砌周野花,殷红凝碧,芳馨
耀艳,气隐缊霞。左周回廊数百步。廊穷,忽接一门,为来鹤
楼。楼下河流如带,水从复道滔滔而泻入于池。池上复以小

阁,阁屏墨竹数版,真不减箅箸谷也。折而右,为斋舫。舫前旧有石桥,今易为亭矣。是日,诸君次第集,而楚云泛一叶,穿复道,出万绿之丛,以至亭下。于焉举酒,晶盘海错,杂然前陈。丽瞩洁冥,至斯已极。余谓友鸿事事不让古人,即偶然诗酒间,直使逸少、季伦②恨不见我,兰亭、金谷邈若河山矣。再用少陵《重游何氏山林》韵,四首:

作客经年事,开君千里书。
孤舟冲旧雨,双屐到新庐。
老树犹来鹤,残花欲送鱼。
蓬蒿今满径,莫认子云居③。

流水桥何在? 轻阴阁未移。
海风吹燕子,江草唤莺儿。
天定留侯傅④,人游叔度陂⑤。
青尊招我醉,颠倒向疏篱。

萧瑟《江心赋》,伤怀正此时。
美人初中酒,客子又催诗。
雀瓦依桐叶,湘帘系柳丝。
南村非卜宅,来往竟相期。

到此应难去,流连夏日长。
酒坛喧鼓角,星海失樯枪⑥。
胜地疑金谷,才人过柏梁⑦。
陈蕃应有榻⑧,待我梦羲皇⑨。

①友鸿:张一鹄,字友鸿,号忍斋,又号钓滩逸人。华亭(今上海松江)人。几社成员。顺治十五年(1658)进士。官云南推官,抚恤除弊,滇人德之。后坐事谪归。(《江南通志》卷一四一)友鸿是澹心挚友,余多次游云间,均寓其家。 ②逸少:王羲之,字逸少。季伦:石崇,字季伦。 ③子云:扬雄(前53—18),字子云。四川成都人。少好学,长于辞赋。年四十余,自蜀游京师。以王音荐,献赋,除为郎。王莽时,校书天禄阁。博通群籍,有《太玄》、《法言》、《方言》等。《汉书·扬雄传》云:子云"家素贫,嗜酒,人希至其门。" ④留侯:张良(?—前189),字子房。韩国人。辅佐刘邦,灭秦败楚,以功封留侯。 ⑤叔度:黄宪,字叔度。东汉汝南慎阳(今河南正阳北)人。《后汉书·黄宪传》:"郭泰曰:'叔度汪汪若千顷陂,澄之不清,淆之不浊,不可量也。'" ⑥欃枪:彗星。《尔雅·释天》:"彗星为欃枪。" ⑦柏梁:西汉台名。《三辅旧事》云:"(汉武)帝尝置酒其上,诏群臣和诗,能七言诗者乃得上。"(《三辅黄图》卷五引)。 ⑧陈蕃(?—168):字仲举。东汉汝南平舆(今河南平舆县)人。官至太傅,以谋诛宦官事泄被害。为人刚直不阿,崇尚气节。《后汉书·陈蕃传》:陈蕃官乐安太守时,"郡人周璆,高洁之士。前后郡守招命,莫肯至,唯蕃能致焉。字而不名,特为置一榻,去则悬之。"又,《后汉书·徐穉传》亦有陈蕃在郡不接宾客,唯置一榻以待徐穉的记叙。 ⑨梦羲皇:《晋书·陶潜传》:"尝言夏月虚闲,高卧北窗之下,清风飒至,自谓羲皇上人。"

十八。晴。集素心斋,观李龙眠《五百罗汉图》①。树木器具,皆外国物,目所未睹。余因论此道之难,不独气韵神采,即人物亭台,须分朝代;花叶鸟兽,亦辨地形。今人一概杂施徒工匠染。汉武封禅,观者有僧;梁武游行,从官乘马:自古贻讥,今何足怪!

①李龙眠:李公麟(1049—1106),字伯时,号龙眠居士。安徽舒城

人。熙宁三年进士。北宋著名画家。元符三年致仕,隐龙眠山。

十九。晴。偕公沂入城,纵观书籍,买数部以归:《王弇州史料》、《云栖法汇》、《三国史》、《玉茗堂集》、《五雅》、《四梦》、《元白长庆集》、《弇州别集》、《杜诗》、《金瓶梅》、《水经注》。

二十。小雨竟夕。招沈嘉璧、陈开乙、沈秀储、徐南士集饮①。

①徐南士:徐宣安,字南士。华亭(今上海松江)人。沈嘉璧、陈开乙、沈秀储待查。

二十一。晴。宋尚木、王伊人、何筴寿及友鸿、素心置酒筋予①,演《两世姻缘》②,喧阗彻夜。

①宋尚木:宋征璧,字尚木。原名存楠。华亭(今上海松江)人。明崇祯十六年(1643)进士,授中书舍人。入清,累官礼部郎中,出为潮州知府。　②《两世姻缘》:全名《玉箫女两世姻缘》,元乔吉本唐人《玉箫传》改编的杂剧。此剧叙述书生韦皋与歌妓韩玉箫相爱,韦皋赴京应举,韩玉箫留家守盼。十八年后,韦皋官至镇西大元帅,韩玉箫却以思念郁闷而死。韦结识某节度使;其义女之名与貌皆与玉箫同,韦娶之。女乃玉箫死后投胎,故仍用旧名,与韦终成夫妇并升天,以此称“两世姻缘”。

二十二。晴。子山诸君见招①,舣舟往集,作诗以赠:

隔岁相思老树边,去年来此,未见子山而归。

暮云寒笛到君前。

文章甘苦悲同调,身世浮沉各自怜。

五柳柴门长漉酒,一湖烟月总归船。

闲来莫把《离骚》读,山鬼纵横难问天。

曾写《秋风》赠王子,子山作《秋风篇》赠公沂。

更闻晨夕共徐生。子山馆武静家两年。

我来寂寞一年事,君自踌躇万古情。

惟笑机云遗鹤唳②,相期琨逖舞鸡鸣③。

杜鹃飞去冬青在,六代花残恨未平。

①子山:计南阳,字子山。原名计安。华亭(今上海松江)人。明季
诸生。天才俊逸,工诗,善行楷草书。为人任侠,自放诗酒。计子山是
余澹心知交。　　②机云:陆机(261—303)与陆云(262—303)兄弟二
人。陆机,字士衡。陆云,字士龙。吴郡华亭(今上海松江)人。以文才
名重一时,世称二陆。后投靠成都王司马颖,颖以机参大将军军事,平
原内史;以云官大将军右司马,清河内史。《晋书·陆机传》:太安初,
颖命机为后将军、河北大都督,督军二十余万讨伐长沙王司马乂、河间王
司马颙,战于鹿苑。机大败,被诬谋反,司马颖下令杀于军中。临刑前,
叹曰:"华亭鹤唳,岂可复闻乎!"陆云同时被杀。　　③琨逖:刘琨
(270—318)与祖逖(266—321)。刘琨,字越石。中山魏昌(今河北定县)
人。东晋立,官侍中、太尉,长期坚守并州,抗御石勒、刘曜。后被段匹
磾杀害。祖逖,字士稚。范阳逎县(今河北定兴)人。晋元帝用为徐州
刺史,后为奋威将军、豫州刺史,北伐收复黄河以南之地,升镇西将军。
旋病卒于雍丘。《晋书·祖逖传》:"与司空刘琨俱为司州主簿,情好绸
缪,共被同寝。中夜,闻荒鸡鸣,蹴琨觉,曰:'此非恶声也。'因起舞。"

二十三。晴。为友鸿作《野庐诗叙》:

诗有别肠,画登逸品。文印禅宗,古惟王右丞[①],今则张子友鸿足以当之。然友鸿顾夷然弗屑也。友鸿神清志洁,浴芳媚幽,所得于天者费,所用于人者隐。于书无所不窥,下笔洞洞谖谖,总括群辞,孤行一意,怀新标异,理至则均。天下初以是才友鸿,又终不敢以是才友鸿矣。尝至云间,入野庐,鹿柴萸汧,历历在眼。读其所著诗词,以神仙中人为神仙中语,岂惟烟火之气尽除,即冰雪之姿、江山之色,亦将化为空青,归于要眇。世徒以迹象求友鸿,是鸿雁已翔于寥廓,而弋者犹视乎薮泽也。悲夫!

①王右丞:王维(701—761),字摩诘。山西祁县人。开元九年(721)进士,累官至尚书右丞。唐代著名诗人、画家。人称其诗中有画,画中有诗。

二十四。晴。过唐薛雨园居[①]。居处城东偏,前后曲河绕之。循其自然之势,而构亭斋。荜门柴槛,环以翠筜。庭前对峙两梅,玉鳞铁干,耸絜昂霄,约可数百年树也。短墙纯围薜萝,葱茜烟阴,时时若雨。故主人自号曰"薛雨"云。篱边与女郎蕙如门径通[②]。暮霭晨吹,芳馨相接矣。

①唐薛雨:待查。　　②蕙如:陈蕙如,云间名妓。余澹心在《五湖游稿·石湖》中,有《千人石遇陈蕙如》、《蕙叹》,表述对蕙如的钟爱之情。

二十五。晴。访宋子建[①],见楚鸿童子甫十岁,诗赋词曲,淹雅葳蕤。李百药、员半千恐无此奇也[②]。是夕,移装入舟,系白龙潭双柳下。夜揽潭光,绵濛空写,柳枝拂水,激素飞清。洌情邈河渚,意寄汉阴矣。

①宋子建:宋存标,字子建,号秋士。华亭(今上海松江)人。几社成员。明诸生,崇祯十五年(1642)中副榜,选翰林院孔目。入清不仕。学识渊博,善诗。与宋征璧(尚木)、征舆(辕文)有三宋之目。二子:楚鸿、汉鹭。楚鸿名思玉,号棣尊,工词曲。 ②李百药(565—648):字重规。河北安平人。唐贞观间,官中书舍人,擢礼部侍郎、宗正卿。撰《北齐书》五十卷。《旧唐书·李百药传》载。李七岁解属文。尝引《左传》杜注以释徐陵文中疑义,父辈"大惊异之"。 员半千(621—714):字荣期,本名余庆。山西临汾人。《新唐书·员半千传》:"羁卼通书史。客晋州,州举童子,房玄龄异之,对诏高第,已能讲《易》、《老子》。其师王义方以为:"五百岁一贤者生,子宜当之。"因改名。官弘文馆直学士。

二十六。晴。漾舟清光内。

二十七。晴。红潮时润,黄莺乍啼。制芰春菰,濯襟选梦。友鸿携馔具,文饶持酒枪,玄升择笙簧、载歌姬,随风而至。酒行数巡,即席成句:

百尺澄潭写翠微,夕阳残吹几人归。

柳丝欲动波初静,麦秀生寒莺乍飞。

歌扇早停红烛暗,酒船频泛碧云稀。

不知桥外劳劳驿①,犹有西风送舞衣。

①劳劳驿:即劳劳亭,在今南京西南。古送别处。此作泛指。

二十八。晴。陆文蔚、陈彦达过舟集饮,因忆武静于秦淮。谢庄云①:"隔千里兮共明月。"殊足令人怀也。

停云一片护新凉,柳外疏林接暗芳。

此夜搖船依断港,何人吹笛坐匡床②。

每因风月思良友,只以莼鲈作故乡③。

痛饮狂歌空度日,销魂不是旧红妆。

①谢庄(421—466):字希逸。河南太康人。七岁能属文,累官侍中、中书令,加金紫光禄大夫。下文出所著《月赋》:"美人迈兮音尘阙,隔千里兮共明月。"　②匡床:方正安适的床。《商君书·画策》:"人主处匡床之上,听丝竹之声而天下治。"　③莼鲈:即莼羹鲈脍。《晋书·张翰传》载,员中张翰在外做官,因思念家乡菜肴,莼羹鲈脍,辞官而归。

二十九。晴。移舟广野,观石门文字禅,因叹觉公上乘人,而堕辞语障,再生为史弥远亦宜①。

①史弥远(?—1232):字同叔。浙江宁波人。其父史浩,拜尚书右仆射。淳熙十四年(1187)进士。累官右丞相,加太师,封魏国公、会稽郡王。《宋人轶事汇编》卷十八:"史丞相浩与觉长老道契,握手入堂奥,问之曰:'和尚好,我好。'觉见堂奥帘幕绮罗,粉白黛绿环列左右,乃答曰:'大丞相富贵好,老僧何好之有?'既而曰:'此念头一差,积年蒲团功夫都废,未免堕落。'一日浩坐厅上,俨然见觉长揖突入堂内,使人往寺请见,人回报云:'长老圆寂于法堂。'顷间,浩堂里弄璋,浩以觉为小名,长名弥远。"时人谓史弥远是觉长老之后身。

五月初一。晴。赴董孟履之招,纵观宗伯公书画①。乃知:书之疏挺老润、整斜无径者,皆真;绵密软美、刻画有痕者,皆伪。画之旷远苍深、气韵天然者,皆真;翁茂肤立、错极人工者,皆伪。噫! 可与知者道,未易为人言也。

①宗伯公:董其昌,因官明礼部尚书,故称宗伯。董孟履当为其后人。

初二。晴。集张冷石庋书处①。分韵得"莲"字:

潭水绕门静,人幽一磬烟。
书藏委宛室②,诗纪义熙年③。
莼菜偏供客,菖蒲好系船。
凌波谁到此? 片石欲生莲。

小阁生寒吹,江深五月天。
僧惟闲度日,客赖酒为年。
窗外不除草,池中长种莲。
干戈虽满眼,此会若登仙。

①张冷石:张昂之,字匪石,一字冷石,自号六销居士。华亭(今上海松江)人。天启二年(1622)进士,授庐陵县令。崇祯初起兵部主事,保宁知府,以功迁川东道,告归。筑圃隐居白龙潭,以寿终。(《娄县志》卷二十四,《江南通志》卷一四一)。 ②委宛:当为宛委,即宛委山。传说中的山名。《吴越春秋》卷六《越王无余外传》引《黄帝中经历》云:禹登宛委山,于石匮中得金简玉字之书。注:"在会稽县东南十五里,一名玉笥山。" ③义熙:东晋安帝(司马德宗)年号(405—418)。义熙十四年十二月,安帝为刘裕所缢,而立恭帝。两年后,禅代而建宋。

初三。大风雨。满船衣被皆湿。冷石以诗见酬,余再和送冷石。石答云："粪土易珠玑，阳翟贾获百倍矣①。"余复云：
"此直迦陵鸟一鸣威音座前耳②。"

　　闭户久学道，蒲团五尺烟。

　　风流余七住，津逮及千年。

　　台影留珠树，天香泛宝船。

　　兴衰曾静阅，偏护掌中莲。

　　帝阍不可叫③，豺虎欲登天。

　　旁览追前古，结交忘少年。

　　灰心惟白发，吐舌有青莲。

　　遗老真称老，顽仙未是仙。

　　①阳翟贾：吕不韦(？—前 235)，阳翟(今河南禹县)大商人。在赵
都邯郸行商，遇见秦国公子子楚，时子楚在赵国当人质。吕不韦以为
"奇货可居"，百计为之活动，子楚终回秦国，后嗣立为秦庄襄王。以吕
为丞相，封文信侯。《战国策·秦策》记吕不韦为谋子楚归秦事，问其父
曰："耕田之利几倍？"答曰："十倍。""珠玉之赢几倍？"答曰："百倍。""立
国家之主赢几倍？"答曰："无数。"于是乃决。　　②迦陵：鸟名，梵语
"迦陵频伽"的略称，意译为好音声鸟。佛经云：菩萨降生之时，其声清
彻柔软和雅，如迦陵频伽。《楞严经》："迦陵仙音，遍十方界。"　　③帝
阍：天门。《文选》扬雄《甘泉赋》："选巫咸兮叫帝阍，开天庭兮延群神。"

　　初四。晴。冷石送泉水入舟。楚云欲归，赠句：

　　细雨长丝系钓船，一莺啼破夕阳天。

　　情知只是逢场戏，漫结巫山窈窕缘。

　　谁道情痴不是真？ 水滨曾遇弄珠人①。

英雄意气何时尽,惟有桃花一片春。

乍可相逢在别筵,玉钗初坠百花前。
回头似有销魂语,不敢逡巡鹦鹉边。

天然生就雪衣娘,眉黛何须阿母妆。
一枕梦痕流落后,教人翻恨楚襄王。

况是嵚奇历落余,逢君曾似读奇书。
人言苏小当年好②,我道当年定不如。

白水鱼竿了半生,隔帘朝起唤卿卿。
江关萧瑟犹如此,莫问齐梁旧姓名。

①弄珠人:《韩诗内传》:郑交甫游汉皋,遇二女,言曰:"愿请子之佩。"二女与之。交甫纳怀中,行十步探之,即亡矣。回顾二女,亦亡矣。见《文选》郭璞《江赋》注。　②苏小:苏小小。南齐钱塘著名歌妓。

初五。晴。南薰展爽,丽景垂炎,箫鼓沸天,楼船匝地。移舟卧龙桥边。焚一炉香,炊茶灶。几上置《楚辞》,且读且哭。观者皆目摄余曰:"此狂生也!"已而,子山、恕存、臣恭至,彦达、嘉璧、南士至。悉解衣磅礴,凭栏倚席,以观龙舟之环绕。有客乘小艇,高吟"是岁庚寅吊楚湘"诗①,音节慷慨,波浪皆立。余曰:"此必少章也。"呼之,果然。面色赪,已半醉矣。公沂曰:"此嘉会,安可无冷石耶!"子山往掖之,僧伽葛衫②,踽踽行长林下,一髯头引其手登舟,接席快饮,酒行若

流。独恨楚云为铜将军攘去，一水盈盈，脉脉不得语③，殊难
为怀。诸君淋漓颠仆，备极酣呼，倏忽之间，前后逃散，若兵败
而避敌然。人静潭空，公沂亦醉而卧矣。余复秉烛和少章，诗
云：

　　是岁庚寅吊楚湘，满船箫鼓泣高阳④。

　　云旗出入斗山鬼，兰佩分明隔帝乡。

　　续命有丝人寂寂，问天无语路茫茫。

　　水深浪阔蛟龙恶，空使招魂一断肠。

　　忽闻柳外唤人甚急。亟呼公沂曰："异哉！此楚云之声
也。"启户视之，雾鬓烟鬟，娇嘶若病。携之入舟，凭窗呕吐，酒
气拂拂从衣袂中出。公沂大笑欲绝，几如陆士龙之堕水⑤。
余抚摩其胸，口占一诗以嘲之。云：

　　月照篷窗杨柳烟，谁来叫破水中天。

　　美人沉醉乃如此，客子相看岂偶然。

　　唾尽珠玑随浪去，飞残蝴蝶衬花眠。

　　枕痕一线浑成泪，不敢声闻阿母边。

①庚寅：顺治七年(1650)。楚湘：湖南。此代指屈原。屈原遭放逐
湖南，于五月五日自沉汨罗而死。　②僧伽：梵语，意指众和尚。亦
可通指单个和尚。　③"一水"二句：语本《古诗十九首》之十："盈盈
一水间，脉脉不得语。"　④高阳：指颛顼帝，五帝之一。此以高阳代
指屈原，因屈原是"帝高阳之苗裔"。(《离骚》)　⑤陆士龙之堕水：意
为大笑而不能自已。《晋书·陆云传》：云有笑疾。"尝著缞绖上船，于
水中顾见其影，因大笑落水，人救获免。"

　　初六。晴。薛雨招至山居，观黄入林画马。车稜萧械，何

减曹将军、赵承旨耶①！渡小桥,扣竹扉,蕙如幅巾纨扇,扶病以出。真可称南方有佳人矣。赠以诗:

偶来相访日,正值捧心时②。

柳叶惊风片,梨花带雨丝。

乐闲缘病瘦,消渴为情痴。

乍见浑如梦,那堪别后思。

我亦销魂者,逢君喜欲狂。

艳深霍小玉③,韵胜杜秋娘④。

何事香痕湿,教人梦影长。

盈盈兼脉脉,悔却到西堂。

①曹将军:曹霸,唐著名画家。安徽亳县人。善画马。天宝末,常奉诏画御马及功臣像。官至左武卫大将军。赵承旨:赵孟頫(1254—1322),字子昂,自号松雪道人,世称鸥波。浙江吴兴人。宋宗室,入元官至翰林学士承旨,荣禄大夫,封魏国公。谥文敏。绘画尤工山水草木。　②捧心:双手抱胸,生病状。《庄子·天运》:"西施病心而矉其里,其里之丑人见而美之,归亦捧心矉其里。"　③霍小玉:唐传奇《霍小玉传》中的美女。她一出现,"但觉一室之中,若琼林玉树,互相照耀。转盼精彩射人。"小玉善歌:"发音清亮,曲度精奇。"且十分纯情。终因李益负心,殉情而死。　④杜秋娘:即杜秋,唐金陵妓。善歌《金缕衣曲》。年十五,为镇海节度使李锜妾。李锜叛唐被杀,杜秋籍没入宫,得宪宗宠爱。穆宗即位,命杜秋为皇子凑(漳王)傅姆。王被罪废削,杜秋赐归故乡,穷老以终。

初七。晴。澄澜镜碧,平楚苍然。微云在天,群莺叫树。舟子停桡,篷窗轩豁。有僧帽白练袍,鹤骨清癯,执经卷而哦者,张冷石也;有抽毫据研,纸落烟云,得意而疾书者,冯天垂也①;有眉如远山,肌若冰雪,倚栏而弄团扇者,女郎楚云也;有葛帔峨冠,驾小舸冲浪而来者,李素心也;楚云磨隃糜侍立,小童捧绢素,揎袖泼墨,磅礴而作《系舟图》者,张友鸿、顾震雉也②;有翩然翠黛,持洞箫而渡板桥者,歌姬陆浣月也;有临风缥缈,手棫《蓴香辞》,与王公沂并肩而哦者,宋尚木也;有篮舆从茂林中转折以出,清神俊姿,照映左右者,王伊人也;有出船巍然,方袍幅巾者,陆文蔚也;携胡琴、阮咸从之以行者,戴文卿也。日云暮矣,艳烛荧荧,山光潭影,遥泻杯斝中。而文饶、子玄二陆继至③。群贤毕集,鼓枻中流,酒酣以往,余与素心长跽以请公沂曰:"君出口妙天下,今夕良宴会,安可不一相闻?"于是文卿拨阮,浣月吹洞箫,公沂执板一歌,潭水皆寂,鱼龙出听,一座尽倾。友鸿曰:"今复见王都尉矣④!"素心抚掌而笑曰:"正所谓'丝不如竹,竹不如肉'也⑤。"次日,冷石简余云:"水鹄云鸽,乳花金片,餮风鬓雾,丝竹管弦。抽屈宋之笔精,叶宫商之妍韵。旨酒盈罍,徽音闭月。可称'西园多所集,夏浅胜于春'矣。"

①冯天垂:冯鏁,字天垂。华亭(今上海松江)人。工书法,行、楷学褚河南,草书学怀素,遒媚有致。(《华亭县志》卷十四) ②顾震雉:顾大申,初名镛,字震雉,号见山。华亭(今上海松江)人。顺治九年(1652)进士,授工部主事。康熙间官陕洮岷道金事,卒于官。(《乾隆娄县志》卷二十五,《江南通志》卷一四一) ③文饶:陆庆裕,字文饶。华亭(今上海松江)人。顺治贡生。选推官,不就。(《康熙松江府志》卷四十二) ④王都尉:王诜,字晋卿。山西太原人。尚宋英宗女魏国长公主,为附马都尉。能诗善画,与苏轼为友,诗酒唱和,风流蕴藉。此以指王公沂。 ⑤丝不如竹,竹不如肉:语见《晋书·孟嘉传》:桓温

问曰:"听妓,丝不如竹,竹不如肉,何谓也?"孟嘉答曰:"渐近使之然也。"

初八。晴。过薛雨山亭。题诗于壁:

> 高人茅屋构城东,老树疏篱插槿红。
> 静坐惟闻香到水,闲行只见鸟嘺风。
> 半窗薜荔侵衣桁,十亩琅玕倚砌桐。
> 我亦浪游长策杖,扣门应访鹿皮翁①。

①鹿皮翁:一作鹿皮公,传说中的仙人。食芝草,饮神泉,居于岑山之上。以著鹿皮衣而得名。

初九。晴。友鸿来,袖出一诗,咏《系舟图》也。依韵和之:

> 别有波澜绕画船,行厨萧瑟愧初筵。
> 风吹旧梦来青雀,曲度新声落翠钿。
> 元亮卜居门旁柳①,远公沽酒社名莲②。
> 客归未是香销后,犹自飞觞对暮烟。

晚,饮张止鉴宅③。分韵得"声"字:

> 何处双鸠唤午晴,客舟愁听卖花声。
> 草堂依旧识来燕,绮席分明合护鲭。
> 隔夜醉容偏觉好,将归梦影亦须惊。
> 故人再结莼鲈社,待我秋风猎杜蘅。

①元亮:陶潜(365—427),字元亮,原名渊明,自号五柳先生,世称靖节先生。浔阳(今江西九江)人。尝官彭泽令,后解印归里。《晋书·陶

潜传》:"宅边有五柳树,因以为号焉。" ②远公:指高僧慧远(334—416)。俗姓贾,雁门楼烦(今山西宁武)人。高僧道安弟子。居庐山东林寺,与刘遗民、宗炳诸人结白莲社,世称远公。 ③张止鉴:张天湜,字止鉴。华亭(今上海松江)人。岁贡生。顺治十一年(1654)中顺天乡试副榜。(乾隆《华亭县志》卷十一)

　　初十。晴。再赴鹙堂之宴。锦羹绮馔,妙舞清歌。扬桂楫于晚风,冒菱江之初月。子瞻云①:自太白死,三百年无此乐矣。今定何如!

　　①子瞻:苏轼(1036—1101),字子瞻,号东坡居士,四川眉山人。嘉祐二年进士。累官礼部尚书。曾数遭贬外放。卒于常州。兼擅诗文书画,为散文唐宋八大家之一。

　　十一。雨。客有持陈眉公册求售者①,却之。且语客曰:"此老纯盗处士之虚声,以为终南之捷径②,言无足法,行有可疑。今墓木拱矣,余山一片石③,急须倾百尺瀑布以洗其羞。"客曰:"机、云二陆何如?"余曰:"二陆浮华文士,裙屐少年,助臣伐君,卒婴谗戮。华亭鹤唳,千古遗讥。六朝诗人,概非笃穆:石崇、潘岳④,拘党殒躯;谢朓、鲍照⑤,轻险沦命;沈约、王俭⑥,鬻国以希荣;江总、褚渊⑦,贩君而窃宠。凡今人之所艳称,皆古圣之所必黜也。故管公明之薄何、邓⑧,裴行俭之料王、卢⑨,实有鉴机,非关口耳。悠悠斯世,其谁与言!"

　　①陈眉公:陈继儒(1558—1639),字仲醇,号眉公,一号麋公。华亭(今上海松江)人。诸生。年二十九,焚儒衣冠,绝意仕进,隐居昆山之阳,专心著述。工诗文,短翰小词,极有风致。书法兼苏、米。 ②终

南捷径:谋求官职或名利的捷径。刘肃《大唐新语·隐逸》:卢藏用举进士,居终南山中。至唐中宗时,以高士名得官,累居要职,人称为随驾隐士。道士司马承宗将还山,藏用指终南曰:"此中大有嘉处。"承宗曰:"以仆视之,仕官之捷径耳。"　③佘山:山名,在上海松江县境内。一片石:指碑碣。　④潘岳(247—300):字安仁。河南中牟人。官给事黄门侍郎。美姿仪,才名冠世,词藻绝艳。后为赵王伦、孙秀以谋反罪族诛。　⑤谢朓(464—499),字玄晖。河南太康人。世称小谢。南齐时,官宣城太守、尚书吏部郎。后遭诬下狱死。文词清丽,尤长五言诗。　鲍照(414—466):字明远。江苏东海人。官临海王刘子顼的前军参军,掌书记。江陵乱,死于乱军中。工诗文,长于七言歌行体。文辞清逸秀丽。　⑥沈约(441—513):字休文。吴兴武康(今浙江德清)人。博通群籍,善属文。历仕宋、齐、梁三朝,官至尚书令,领太子少傅,左光禄大夫。卒谥隐。　王俭(452—489):字仲宝。山东临沂人。历仕宋、齐两朝,累官尚书左仆射,领吏部,封南昌县公,开府仪同三司。卒赠太尉,谥文宪公。　⑦褚渊(435—482):字彦回。河南阳翟(今河南禹县)人。历仕南朝宋、齐两朝。娶宋文帝女南郡县公主,拜附马都尉。入齐,加司空、骠骑将军。渊美仪貌,善弹琵琶,性和雅有器度。然世颇以名节讥之。时民谚曰:"可怜石头城,宁为袁粲死,不作褚渊生。"⑧管公明:管辂(208—256),字公明。三国时魏平原(今山东德州)人。正始间举秀才,官至少府左丞。善卜筮,相传占无不应。　何、邓:指何晏(190—249)、邓飏(?—249)。何晏,字平叔。魏宛(今湖北荆门)人。幼为曹操收养。官至吏部尚书。后以党曹爽而为司马懿所杀。好老、庄,崇尚清谈,是著名玄学家。邓飏,字玄茂。河南新野人。官至侍中、尚书。为人好货,时有"以官易富邓玄茂"之讥。以曹爽之党被司马懿族诛。《三国志·魏志·方技传》云:正始九年十二月,何晏、邓飏问卦,公明直言。其舅氏责之,公明曰:"与死人语,何所畏邪!"　⑨裴行俭(619—682):字守约。山西闻喜人。贞观间举明经,迁长安令。历官礼部尚书、检校右卫大将军。封闻喜县公,谥曰献。　王、卢:王指王勃

(648—675),字子安。绛州龙门(今山西河津)人。曾官沛王府修撰。卢指卢照邻(635？—689？),字升之,自号幽忧子。范阳(今河北涿县)人。曾官新都尉。均为唐代著名诗人,初唐四杰之一。关于"料王、卢"事,见《旧唐书·裴行俭传》:时四杰以文章见称,吏部侍郎李敬玄盛为延誉,引以示行俭。行俭曰:"才名有之,爵禄盖寡。"

　　十二。晴。访子玄,连袂行紫藤翠箓中。携壶榼,泛小艇,披明月,佩宝璐,中流荡漾,仙仙乎归矣。

　　十三。晴。散步东郊,访李濛初。夜,大月。

　　十四。晴。集素心宅。君山画《双柳图》[①],震雉作一大舫,宗汉写余小像,而补楚云醉卧于其旁。

　　①君山:叶有莲,字君山。上海人。明画家,善画山水。(《青浦县志》卷三十一)

　　十五。晴。坐友鸿水亭,清言竟日。题屏间墨竹:
　　　　萧梢风雨擘天寒,月照箴筥四壁干。
　　　　花影未移人影静,墨君应作此君看。

　　十六。晴。至冷石庋书处。屋凡九间,连绵似欧阳公舫斋;分经、史、子、集、稗官小说、佛经梵志,各置架格,装帙精严;皆手自批评,丹黄烂漫。中设蕉团,晨夕哦诵。昔曹孟德云:"老而好学,惟吾与袁伯业[①]。"甚言老而好学之难也。先生名进士,官重庆太守。归见世涂多梗,以冠服投蜀江,示无宦情,志绝仕进。今年六十余,闭门晏坐,稀见宾客。或风日晴朗,则扶童子,手一编,倚宅边柳树观之,至倦乃返。先生最爱予,每到则洗盏烹茗。饭则设一豆,白米赤盐,绿葵紫蓼,道味冲和,使人之意也消。

①"老而"二句:《三国志·魏书·武帝纪》裴注引《英雄记》:"太祖称'长大而能勤学者,惟吾与袁伯业耳'。"袁伯业,即袁遗,字伯业。袁绍从兄,曾官长安令。

十七。大雨。又买一舟,载书画酒茗,以锦缆牵于大舫。通窗接舰,倾波灌月。沿堤垂柳,尽为园主伐以充薪,惟予系舟二株,争而仅存,然亦不能保去后之斧斤也。嗟乎!永丰坊角,致兴天子之思①;张绪当年,亦动风流之叹②。而今遂遭俗物之败意若此。树固有幸不幸耶!

①永丰坊:在唐代洛阳城中。孟棨《本事诗》卷二:"白居易年高,而妓人小蛮方丰艳,因为杨柳之词以托意曰:'一树春风万万枝,嫩于金色软于丝。永丰东角荒园里,尽日无人属阿谁?'及宣宗朝,国乐唱是词。上问谁词,永丰在何处。左右具以对之。遂因东使,命取永丰柳两枝,植于禁中。白感上知其名,且好尚风雅,又为诗一章,其末句云:'定知此后天文里,柳宿光中添两枝。'" ②张绪(422—489):字思曼。吴郡吴(今江苏苏州)人。南朝宋孝武时,用为尚书仓部郎,历官侍中。入齐,官中书令,迁散骑常侍、金紫光禄大夫。绪吐纳风流,口不言利。芳林苑成,齐武帝植蜀柳于太昌灵和殿前,常赏玩咨嗟,曰:"此杨柳风流可爱,似张绪当年时。"(《南史·张绪传》)

十八。大雨。过鸎堂。时友鸿、天垂对奕,素心、梁公饮酒①，公沂度曲。予颓然一无所为，因谓友鸿曰："陶靖节不解音律②，葛稚川不知棋局几道③，苏子瞻不胜三蕉叶酒④，予则兼之。"遂作偈云："我有三不如人：唱曲、著棋、饮酒。鄙夫叩我空空，万事于我何有！"

①梁公：张卯之，字梁公。上海青浦人。崇祯十五年壬午(1642)举人，十六年癸未进士。官行人。（《青浦县志》）　②陶靖节：陶潜，谥靖节征士。《晋书·陶潜传》："性不解音，而畜素琴一张，弦徽不具。每朋酒之会，则抚而和之，曰：'但识琴中趣，何劳弦上声。'"　③葛稚川：葛洪(281?—341)，字稚川，自号抱朴子。江苏句容人。家贫好学，始以儒学知名。后好神仙导养之法。官咨议参军。选为散骑常侍，领大著作，不就。著有《抱朴子》等。　④蕉叶：蕉叶杯。

十九。小雨。坐来鹤楼观友鸿为楚姬作画，姬向余絮语往事甚奇。姬嘉善人，年十二，阿母携之佐酒。甲申游武塘，止南园，憩仿村①，意气甚都，声伎最盛。座有二小鬟，盼睐殊韵。余赠诗有"小玉娇痴豆蔻胎"之句。今乃知其一即姬也。异哉！地轴已翻，天河莫挽。南园既从彭咸所居②，仿村更罹衔须之祸③。向余昵一丽人，询姬，亦云物故。义士青萍，朱颜黄土，浩歌盈把，如何可言！

①"甲申游武塘"三句：指余澹心崇祯十七年(1644)三月，经苏州、嘉兴至杭州、绍兴访游，曾至嘉善，访钱栴之事。钱栴，字仲驭，号豹庵。浙江嘉善武塘镇人。官明吏部郎中。顺治二年毁家充饷，集义旅抗清。兵溃，投水死。谥忠员。钱栴是余怀密友。南园乃钱府之园。　②彭咸：传说为殷大夫。《楚辞·离骚》："虽不周于今之人兮，愿依彭咸之遗则。"王逸注："谏君不听，自投水死。"　③衔须：指东汉初年温序

之事。温序,字次房。山西祁县人。荐官侍御史,迁护羌校尉。《后汉书·温序传》:序行部至襄武,为隗嚣别将苟宇所拘劫。不降,赐以剑。"序受剑衔须于口,顾左右曰:'既为贼所迫杀,无令须污土。'遂伏剑而死。"

二十。晴。将有青溪之行①,诸君为余祖道。

①青溪:青浦亦号青溪。

二十一。晴。招诸君潭舟话别。茗寒香妙,莺声软滑如丸。袁中郎别王子声云①:"屈指平生别苦,唯少时江上别一女郎,去年湖上别一老僧。此别非道非情,亦复填胸之甚。"今忽忽有此怀,知是别离者倾觞轰饮,捐袂淋漓,回风云旗,黯然萧瑟矣!

①袁中郎:袁宏道(1568—1610),字中郎。湖北公安人。万历二十年(1592)进士,选为吴县令,历官至稽勋郎中。与兄宗道、弟中道并有才名,号"三袁"。

二十二。晴。放舟由佘山至青浦,见令君王鹤占。

二十三。晴。小雨。楚姬入梦,醒而成诗并序:
鸳水名姬,秦淮倦客,五茸解佩①,双柳停舟。扇底桃花②,醉鼓湘灵之瑟;楼头燕子③,愁持合德之裾④。小试山眉,粗服乱头皆觉好;浪寻春色,嬉笑怒骂总成痴。虽推衿送抱,以日为年;而落魄伤神,惟我与尔。玉箫吹彻,声声销杜宇之魂;金粉飞来,片片入高唐之馆。恐不可兮再得,长郁陶乎余心。聊存一十二章诗,作画船中暮雨朝云;欲倩十七、八女郎,唱"杨柳岸,晓风残月"。

溪水流云夜有声,风回鸡店忆调笙。
不知梦影今何似? 只向阳台变处生。

欲别吞声未敢言,魂销细雨几黄昏。
盈盈浅立桃花影,手把烟波洗泪痕。

隔夜娇痴俨在傍,薰笼杳信湿衣裳。
醒来不见啼红怨,怪杀温柔别是乡。

玉臂频伸醉后颠,美人情性道人禅。
青楼薄幸非关我,谁打莺儿搅独眠。

分明云片送离愁,回首青山隔酒楼。
枕上笙歌犹未冷,断肠诗句木兰舟。

梅子黄时杏子红,自携金粉哭东风。
生平半为情痴苦,垂柳垂杨是梦中。

①五茸:地名,在今上海松江。松江别名茸城。　②扇底桃花:宋晏几道《鹧鸪天》:"舞低杨柳楼心月,歌尽桃花扇底风。"　③楼头燕子:指居于燕子楼中的关盼。燕子楼,在江苏徐州,唐贞元中尚书张建封所筑。张死后,其妾关盼盼念旧不嫁,居此十余年。见白居易《燕子楼诗》序。　④合德:赵飞燕之妹,亦美女。见《飞燕外传》。

二十四。小雨。鹤占招饮水镜山房。

二十五。大雨。自青溪移棹至绿葭浜宿。

二十六。雨中挂帆过昆山,抵吴县。

二十七。大雨。坐如须思美草堂话旧。分赋:

别后相思寄酒狂,一襄冲雨到山塘。
僧贫老卧庵中月,客倦新移泖上霜。
泪洒齐梁悲故国,魂招屈宋聚他乡。
重来莫近苏台望[①],花落梧宫春草长。

相期七夕指牵牛,萧瑟烟帆又隔秋。
千里梦回青玉案[②],六朝愁系黑貂裘。
西窗细雨留红豆,东海雄风恨白头。
此去娄江何所见[③]? 子山词赋仲宣楼[④]。

①苏台:姑苏台。相传为吴王阖闾或夫差所筑,亦称胥台。在今江苏吴县西南姑苏山上。　②青玉案:古时贵重的器皿。《文选》张衡《四愁诗》之四:"美人赠我锦绣段,何以报之青玉案。"　③娄江:亦称浏河,源出太湖,流经苏州、昆山、太仓,东入长江。此借指太仓。④子山:庾信,字子山。庾信虽在北朝官居高位,然怀念南朝,常有乡土之思。晚年之作遂趋沉郁,风格与在南朝迥异。代表作为《哀江南赋》。杜甫《咏怀古迹五首》之一:"庾信平生最萧瑟,暮年诗赋动江关。"仲宣:王粲,字仲宣。避难荆州时,尝作《登楼赋》。"仲宣楼"指此。

二十八。大雨。晤叶圣野①，同饮思美草堂。

①叶圣野：叶襄，字圣野。江苏苏州人。明诸生，复社名士。入清，隐居不仕。钱谦益称其为"吴才士之魁"。(《牧斋有学集》卷十九)

二十九。大雨。自阊门抵昆山，作《孤舟夜雨歌简如须圣野》：

> 东吴菰芦雨如线，银涛白马时相见。
> 枇杷既熟杨梅红，估船夜发长洲县。
> 黄鹂坊口杜鹃啼，虎丘石上南巢燕。
> 醉寻江草哭西风，金铜仙人泪洗面①。
> 我有古琴欲赠谁？蛟弦雁柱驱雷电。
> 三千年间日月车，兴亡一一都弹遍。
> 听者变色歌者哀，在于俗耳何由羡？
> 横塘花落沙湖寒，杨柳垂阴满芳甸。
> 风帆摇曳不可停，挥手娄门别亲串。
> 烟火冥冥主簿祠，笙箫寂寂吴王殿。
> 把袂将吟芍药诗，消魂原是桃花扇。
> 水驿山桥百里程，掉头已觉津亭变。
> 为余拂拭庄家园，秋来好挂鹅溪绢②。

①"金铜"句：金铜仙人指汉武帝所制仙人承露盘。《汉书·郊祀志》："作柏梁、铜柱、承露仙人掌之属矣。"颜师古注引《三辅故事》云："承露盘高二十丈，大七围，以铜为之，上有仙人掌承露。"三国魏明帝时欲移往洛阳。《三国志·魏书·明帝纪》注引《汉晋春秋》曰："帝徙盘，盘折，声闻数十里。金狄或泣。"　②鹅溪：地名，在四川盐亭溪西北

八十里,以产绢著名。鹅溪绢唐时为贡品。

三十。雨。舟中与公沂谈古事。随口抽条,漫录于左。

田僧超能吹筚①,为壮士歌《项羽吟》。将军崔延伯出师,每临敌,令僧超为壮士声,遂单马入阵。

管宁自越海及归②,常坐一木榻,积五十余年,未尝箕股。其榻上当膝处皆穿。

萧总曾遇洛神女③。相见后至葭萌逢雨,认得香气曰:"此云雨从巫山来,独我知之。"

贾弼梦见人曰④:"爱君美貌,欲易君头。"许之,后能半面笑,半面啼,两手把笔,文辞各异。

李泌赋诗讥杨国忠⑤:"青青东门柳,岁晏复憔悴。"国忠诉于明皇。上曰:"赋柳为讥卿,则赋李为讥朕,可乎?"

桓温北征还⑥,得一老婢,乃刘琨妓女。一见温,便潜然而泣。温问其故。答曰:"公甚似刘司空。"温大悦,出整衣冠,又呼问之。婢云:"面甚似,恨薄;眼甚似,恨小;须甚似,恨赤;形甚似,恨短;声甚似,恨雌。"温不怡者数日。

唐德宗使段善本授康昆仑琵琶⑦。本奏曰:"请昆仑不近乐器十数年,忘其本领,然后可授。"

严挺之宁不作宰相⑧,不见李林甫;张隐甫宁不作宰相⑨,不见牛仙客。

石勒少与李阳争沤麻池⑩,及称帝,引与相见,曰:"孤昔日厌卿老拳,卿亦饱孤毒手。"用为都尉。

沈麟士织帘诵书,口手不息,乡里号"织帘先生"⑪。

裴尚书宽罢郡西归⑫,汴流中日晚维舟。见一人坐树下,衣服极敝,命屈之与语,大奇之,曰:"以君才识,必自富贵,何贫也?"举船钱帛、奴婢赆之。客亦不让。登舟,奴婢偃蹇者辄鞭之。其人张徐州建封也。

李元忠虽居要任[13],不以物务干怀,惟饮酒自娱。时欲用为仆射。或言其常醉,不可委以台阁。其子搔闻之,请节饮。元忠曰:"我言作仆射不胜饮酒乐。尔爱仆射,宜勿饮。"

孔融屯都昌[14],为贼管亥所围。逼急,乃遣东莱太史慈求救于平原相刘备。备惊曰:"孔北海乃复知天下有刘备耶!"即遣兵三千救之。

谢玄饮酒至一石[15],人指之曰"醉虎"。蔡邕饮酒不醉,自号曰"酒龙"。

汉宫人冯夫人名嫽[16],善史书。乘锦车持节和戎,得当而归。

冯宝妻冼氏[17],封石龙夫人。战则锦缯宝幰,至老未尝败。年八十而终。

后汉韦逞母宋氏[18],博究经典,置生徒一百二十人隔纱窗授业。

唐贾直言[19],德宗朝,父漏禁中事。帝怒,赐鸩酒。直言白中使,请自执器以饮其父,中使然之。直言既持杯,自饮立死;酒自左足间出,复活。中使具奏,遂流其父于岭南。后直言左足微跛耳。

司马温公有一仆,三十年止称"君实秀才"。苏子瞻学士来谒,闻而教之。明日,改称"大参相公"。公惊问,以实告。公曰:"好一仆,被苏东坡教坏了。"

郗诜数月山行,喜闻樵语牧唱,曰:"洗尽五年尘土肠胃。"欣然倚骖临水,久之,乃去。

陶渊明居栗里[20],两山间有大石,仰视玄瀑,可坐十人,号醉石。

①"田僧超"六句：《洛阳伽蓝记》卷四："延伯出师于洛阳城西张方桥，……危冠长剑，耀武于前；僧超吹《壮士笛曲》于后。"田僧超，北魏洛阳城西法云寺僧，善吹筚，能为《壮士歌》、《项羽吟》。崔延伯，博陵（今河北蠡县）人。北魏猛将。　　②"管宁"五句：事见《三国志·魏书·管宁传》注引《高士传》。　　③"萧总"五句：事见明董斯张《广博物志》。　　④"贾弼"八句：事见宋苏易简《文房四谱》卷一引《幽明录》。⑤李泌赋诗讥杨国忠：事见宋尤袤《全唐诗话》卷二。　　⑥桓温北征还：事见《晋书·桓温传》。　　⑦"唐德宗"五句：事见《乐府杂录》。⑧"严挺之"二句：《旧唐书·严挺之传》载，张九龄欲引严挺之同居相位，而挺之蔑视李林甫，三年不私造其门，因此深遭嫉恨，后被贬为洺州刺史。严挺之，名浚，以字行，华阴（今在陕西）人。李林甫，唐朝宗室，玄宗时为相，为人奸诈。　　⑨"张隐甫"二句：张隐甫，未详。牛仙客，唐泾州鹑觚（今甘肃灵台）人。玄宗时代张九龄为相。仙客居相位，好鬼道，张隐居或不愿为其用者。　　⑩"石勒"六句：事见何法盛《晋中兴书·胡录》。石勒（274—333），东晋十六国之后赵创建者。羯族。上党武乡（今山西榆社）人。　　⑪"沈麟士"三句：事见《南史·沈麟士传》。　　⑫裴尚书宽罢郡西归：事见《幽闲鼓吹》。裴宽，唐绛州闻喜（今属山西）人，天宝中为户部尚书。　　⑬李元忠：北魏赵郡平棘（今河北赵县）人，官至与魏骠骑大将军。嗜酒事见《北史》本传。　　⑭孔融屯都昌：事见《三国志·吴书·太史慈传》。都昌，今属江西。⑮"谢玄"四句：宋佚名《五色线》卷下引《语林》："蔡邕饮酒乃至一石，常醉在路上卧，人名曰醉龙。"明朱国桢《涌幢小品》卷十七《醉龙虎》："谢玄饮至一石，人指之曰醉虎；蔡邕饮至一石，人名之曰醉龙。"　　⑯"汉宫人"四句：事见《汉书·西域传》。　　⑰冼氏：南朝高凉（今广东阳江）人、南越首领。嫁高凉太守冯宝为妻。入隋，封谯国夫人。事见《北史》、《隋书》本传。　　⑱"后汉"三句：事见《晋书·韦逞母宋氏》。原

文"后汉"、"宗氏"误。　⑲贾直言(？—835)：唐代人。代父饮酖事见《独异志》及《旧唐书》本传。　⑳"陶渊明"五句：事见宋陈舜俞《庐山记》。栗里,在今江西九江南陶村西。

　　六月初一。雨。自昆山放船至太仓,访吴骏公宫尹于五亩之园①。披襟纵谈,赠以长句：

娄江之水千尺流,芳草碧色我始愁。

苑柳城鸦年代改,青枫白芷苏台秋。

山东姜生饮我酒②,袖出一卷风惊牖。

纸上分明宫尹辞,淋漓墨汁倾两肘。

忆昔辛未天下繁③,圣人端坐吹云门。

会元文章至尊叹,读书中秘亲墀轩。

绣虎螭龙动南轴,功名应继王文肃④。

辟雍钟鼓孝陵烟⑤,时有哀丝控豪竹。

汉武曾同宴柏梁,骊山清路俨成行。

岂知蚩尤扫天市⑥,荆棘铜驼又建康⑦。

痛哭通天台上月⑧,长镵短笛空销骨。

太史楼船衲子衣,依稀难向斜阳说。

开元遗事杜陵诗,弹入琵琶总是痴。

铜雀空余吴季重⑨,澄江莫问谢玄晖⑩。

我亦万古伤心者,莫愁艇子胡儿马。

图书风流二十年,今日相逢槐树下。

君不见梁朝庾子山,暮年诗赋动江关。

又不见长溪谢皋羽⑪,一恸冬青泪如雨。

共是销魂落魄人,不堪回首汉宫春。

吁嗟乎！弇州永逝二张死⑫,太仓嵬峨君在此。

寥寥海内竟谁雄? 山东姜生称吴公!

①吴骏公:指吴伟业。吴曾官明少詹事,故称宫尹。见前注。
②山东姜生:指姜垛(如农)、姜垓(如须)兄弟。见前注。　③辛未:
明崇祯四年(1631)。吴伟业此年会试第一,殿试为一甲第二名进士,授
编修。　④王文肃:王锡爵(1534—1610),字元驭。江苏太仓人。嘉
靖四十一年(1562)会试第一、殿试第二,授编修。(正与吴伟业同)万历
间,累官礼部尚书、文渊阁大学士,并任首辅。引疾归。卒谥文肃。
⑤辟雍:古代周王朝为贵族子弟所设的大学。《礼记·王制》:"大学在
郊,天子曰辟雍,诸侯曰頖(泮)宫。"吴伟业曾任明南京国子监司业,故
云。　⑥蚩尤:古九黎族部落酋长。《史记·五帝本纪》:"蚩尤作乱,
不用帝命。于是黄帝乃征师诸侯,与蚩尤战于涿鹿之野,遂禽杀蚩尤。"
此以喻农民起义军。　⑦荆棘铜驼:喻天下大乱,皇朝倾覆。《晋
书·索靖传》:"靖有先识远量,知天下将乱,指洛阳宫门铜驼,叹曰:'会
见汝在荆棘中耳!'"　⑧通天台:台名,在陕西淳化县西北甘泉山故
甘泉宫中。《汉书·武帝纪》:元封二年(前109),"作甘泉通天台。"颜师
古注曰:"通天台者,言此台高,上通于天也。"吴伟业编撰《通天台》杂
剧。该剧叙述南朝梁灭亡,沈炯流落长安,东归不得。醉梦上通天台痛
哭,巧遇汉武帝。高官美女均挽留不住武帝,便指领沈炯出函谷关,东
向回归故乡。　⑨吴季重:吴质(177—230),字季重。济阴(今山东定
陶)人。以才学通博为曹丕所善。官振威将军,假节都督河北诸军事,
封列侯。魏明帝太和四年,入为侍中。当年夏,卒。此以质喻梅村。
⑩谢玄晖:谢朓,字玄晖。注见前。谢朓诗《晚登三山还望京邑》:"余霞
散成绮,澄江静如练。"三山,在江宁县北。京邑,指南京。　⑪谢皋
羽:谢翱(1249—1295),字皋羽,自号晞发子。福建长溪人。尝为文天祥
谘事参军,后别去。宋亡,文天祥殉国。谢翱十分悲痛,行至浙江桐庐
山严子陵垂钓处,设文天祥神位以祭,并作楚歌以招之。歌曰:"魂朝归
兮何极,暮来归兮关水黑,化为朱鸟兮有咮焉食。"　⑫弇州:王世贞。

注见前。　二张:指张溥与张采。皆江苏太仓人,复社领袖,人称"娄东二张"。张溥(1602—1641),字天如,号西铭。崇祯四年(1631)进士,改庶吉士。乞假归。张采(1596—1648),字受先,号南郭。崇祯元年(1628)进士,授官临川知县,官至礼部员外郎。

初二。小霁。遇吴郡黄惕如、洞庭顾右民①,移寓僧楼。公沂埽地焚香,右民洗茶晒药,余企脚北窗下观书。时久雨乍晴,山碧欲滴,用惠泉水泼峒山庙后茶,烧兰溪猪,煮太仓笋,_{笋出六月最佳}。吃松江米饭。饱餐摩腹,绕堂而行。右民曰:"享如此清福,恐为上帝所忌。"公沂曰:"恨少美人在旁耳。"余曰:"天不满东南,地不满西北,人生缺陷固自多也。"惕如哑然而笑曰:"有是哉!"

①黄惕如、顾右民:待查。

初三。晴。胡其章给谏过访①,与右民谈医甚晰。右民世居东山,为人肤清,用意淳厚,涉猎书传,下笔滔流。遭乱去乡,摆浪散帙,遨游齐、鲁、燕、赵间,与悲歌慷慨文学之士交。久之,渡江淮,归吴市,弃去儒侠之行,益自精于医。司马迁云:"古之圣贤,不居廊庙,则隐于医、卜之间。"右民勉乎哉!

①胡其章:胡周蕭,字其章。江苏太仓人。崇祯十三年庚辰(1640)进士,授刑科给事中。入清,累征不赴。(《太仓州志》卷十九)

初四。晴。王周臣招游芍药堂①。堂,文肃公所构,罢相后,宴处其中。春夏之际,芍药竞开,宾朋满座。今经战斗,花坞阑珊。追忆开元全盛时,以为叹息。

①王周臣:王挺,字周臣,号减斋。江苏太仓人。明末诸生。以荫授中书舍人。入清不仕。(《太仓州志》卷十九)

初五。晴。公沂、右民问作诗之法于余。余曰:"子美言之详矣:曰'熟精《文选》理',言作诗必宗选体也;曰'李陵苏武是吾师',言五言必以苏、李为楷模也;曰'清新庾开府,俊逸鲍参军',又曰'安得思如陶谢手,令渠述作与同游',言作诗必以庾、鲍、陶、谢为源流也;曰'纵使卢王操翰墨,劣于汉魏近《风》《骚》',又曰'窃攀屈宋宜方驾,恐与齐梁作后尘',言词气虽本汉、魏,犹必上溯《风》《雅》也;曰'晚节渐于诗律细',言律诗对偶须精,不可草莽也;曰'语不惊人死不休',言措词命意最忌平庸也;曰'转益多师是汝师',言递相祖述能自得师也。老杜明明教人以作诗之法,人习焉而不察耳。"

初六。晴。饮胡观察沛然①。壁悬王烟客、王圆照所作画②,并皆佳妙。观察云:"古二王精于书③,今二王精于画。亦异代一奇也。"

①胡沛然:详情待查。　　②王烟客:王时敏(1592—1680),字逊之,号烟客,又号西庐老人。江苏太仓人。官至太常寺少卿,以病归。明亡不仕。工诗文,尤善画山水,为清初画坛领袖。　王圆照:王鉴(1598—1677),字圆照,自号湘碧,又号染香庵主。江苏太仓人。明崇祯举人,出知廉州。归构染香园,与烟客砥励画学。与王时敏、王翚、王原祁合称"四王"。　　③古二王:指王羲之、献之父子。

初七。晴。骏公招饮五亩之园。园,弇州所制,因水凿石,石嶙峋若天生。长槐茂柏,颎岚荫渚,烟垂云委,岫壑冲深,萝迳所绝。中敞虚堂,堂四面皆窗,含受风气,于春夏之交最宜。阶穷路转,柴门杳然。蕉桐聚绿,输于一庵。庵结三楹,左峙山峰,右瞰池水,纷红骇紫,络绎奔会。旷适霁豁,于夏最宜。庵前数十步,乃接危桥。桥岸平软,芳草溟濛,地空无树。短垣南向,远吐朱阁。枯槎颓干,绕屋离披,幽邃闲秘,于冬最宜。折而西偏,有亭森立,桂树丛生,山阿散朗,于秋最宜。凡四时之气,各置一境以领之,园之近人而可乐者,莫此为全。因思弇州生当盛世,竭其精藻,爱构斯园。取石远方,坏垣而入,经营惨淡,概复可知今为宫尹所有,文章花鸟,久而更新。予既赏宫尹之趣,而又以贺斯园之遭也。

同集者朱昭芑、周子俶、许九日、王羲伯、王周臣兄弟、王公沂、吴圣符、顾右民、徐介石、女郎冯静容①,宾主士女共十四人。

①朱昭芑:朱明镐,字昭芑。江苏太仓人。明诸生。性强记,天资绝人。家贫,束脯奉母,抚幼弟成立。(《太仓州志》卷十九) 周子俶:周肇,字子俶,一作止俶,号东冈。江苏太仓人。张溥高弟。顺治十四年(1657)顺天举人,选青浦教谕,以卓异升新淦知县。卒于官。诗有盛名,为娄东十子之一。(《太仓州志》卷二十) 许九日:许旭,字九日。少禀家学,补诸生,为吴梅村所赏。入清,入浙抚范承谟幕,赞画军务,深所倚重,章奏皆出其手。范入闽,许九日以事假归。闽难作,不及于难。(《太仓州志》卷二十) 王羲伯:王昊,字羲伯,一字维夏,号硕园。江苏太仓人。诸生。负才名,交游遍海内。康熙间举博学鸿儒,授内阁中书。令下,已卒。 王周臣兄弟:王挺兄弟共九人。挺长,次王揆,字端士,号芝廛。顺治十二年(1655)进士。工诗。王撰,字异公。工诗,尤善隶书及绘画。余不叙。参加宴集者当为三人。 吴圣符:吴世睿,

字圣符。吴伟业弟。由贡生官蕲水县丞,署蕲州知州。卒于狱。(《吴梅村诗集笺注》卷十二) 徐介石:待考。

初八。大雨。作诗谢骏公:

　　桂树山阿竟久留,熏风生座气如秋。
　　到公石在依流水①,荀令香飘隔画楼②。
　　静寄莺花三亩宅③,忘归虾菜五湖舟④。
　　乾坤身世俱衰谢,暂解新愁问莫愁。

　　池台缥缈暮云平,浪迹渔樵寄此生。
　　地胜南皮留七子⑤,客依东里见诸卿。
　　含桃夜擘分歌扇,旧燕春归出幔城。
　　痛饮吾师难再得,醉吹江笛到天明。

①到公石:《南史·到溉传》:"溉第居近淮水,斋前山池有奇礓石,长一丈六尺,帝戏与赌之,《礼记》一部。溉并输焉。……石即移置华林园宴殿前。移石之日,都下倾城纵观,所谓'到公石'也。" ②荀令香:东汉荀彧为尚书令,相传他的衣带有香气,所到之处,香经日不散,人称荀令香,一曰令君香。后多用荀令香喻指宰相大臣的风度神采。③三亩宅:唐王维《送丘为落第归江东》:"五湖三亩宅,万里一归人。" ④五湖舟:唐戎昱《秋日感怀》:"日下未驰千里足,天涯徒泛五湖舟。" ⑤南皮:县名,今属河北。《魏文帝与朝歌令吴质书》:"每念昔日南皮之游,诚不可忘。" 七子:即建安七子。据《典论·论文》,为孔融、陈琳、王粲、徐幹、阮瑀、应场、刘桢。

初九。晴。骏公手录《琵琶行》见遗①。寓书云:当十日登床,扬榷风雅。而余匆匆解缆行矣。

①《琵琶行》：吴伟业撰，作于顺治四年丁亥(1647)。诗前叙云：通州白珏，字在湄，"善琵琶，好为新声。须臾，花下置酒，白生为余朗弹一曲，乃先帝十七年以来事。叙述乱离，豪嘈凄切。……相与哽咽者久之。于是作长句纪其事，凡六百二言，仍命之曰《琵琶行》。"《续本事诗》："白生璧双，琵琶第一手。吴梅村曾为作《琵琶行》。陈其年诗所谓'一曲红颜数行泪，江南祭酒不胜情'者也。"

初十。晴。自娄东抵吴郡。

十一。晴。如须招余为玄墓游①。浪破胥江，经古渡，由走狗塘至灵岩山下。吴王雄风，西施艳色，歌舞馨香之处，千载令人神伤。往读《吴越春秋》，观吴之骄奢靡丽，知吴之所以亡；越之忧愁幽思，知越之所以兴。自今思之，宁为吴之亡，不为越之兴也。夫差独霸江南，及身而丧；勾践患苦卑污，亦一传而绝。且妻请为妾，岂人所为？胆可尝也，粪可尝乎？以夫差之强，若非宰嚭，恐麋鹿未必遂游苏台也。如须曰：此论甚快！余因极论古今亡国，皆奸臣之由，非人君之过。汉献若非董卓、曹操，岂有播迁之惨？梁武若非朱异，岂有台城之辱？唐玄若非林甫、国忠，岂有马嵬之幸？宋徽若非蔡京、王黼，岂有五国之羞②？以古镜今，朗如龟鉴。追论误国之奸，怒冲伍胥之涛矣！甫欲登山，而大风起水上，雨从东来，汹涌澎湃，乍沉乍浮。薄暮，抵西崦。虎山桥赪壁霞举，红云秀天，方搔首哦吟，而主人徐玄初已候于门矣。延入耕渔轩，桐阴承宇，静月澄高。光福之山，接岭连峰；太湖之水，腾波灌日，悉奔走效技于棂槛之下。岂非避世之贞庐、养幽之闲园者乎！晚饮，会玄初弟平圃、子长民。得诗七首：

闻道杨梅熟,牵船及此游。
地销吴越垒,天带古今愁。
树密偏宜夏,江寒未是秋。
横塘芳草渡,吹雨故淹留。

走狗塘边路,吴王旧寝宫。
春城花落尽,烟寺鸟啼空。
鱼米孤村市,桑麻十亩风。
山形余霸气,愁绝向江东。

露井衔山火,津亭却岸沙。
水深沽酒店,门闭野人家。
片雨霶犹湿,孤云去欲斜。
兴亡俱有泪,往事不堪夸。

白藕开花处,青山过雨时。
英雄儿女恨,千载令人悲。
古渡催帆急,斜阳送客迟。
徘徊歌舞地,日暮竞何之!

地是吴山古,人传越女强。
半岩苔藓碧,一寺薜萝长。
香犀余环珮,荒村冷骕骦。
河边收艇子,搔首向空苍。

短葛长为客,湖烟迟我归。

桥分春浪阔,帆挂夕阳微。

到海光偏疾,涵天影渐稀。

投林指飞鸟,独树万山围。

旅泊无非寄,凉生一水间

两山闲是主,千里梦相关。

莼菜羹初美,杨梅摘未还。

那堪风雨夜,樽酒伴衰颜。

①玄墓:山名。相传东晋郁泰玄葬此,故名。又相传汉邓尉隐此,一名邓尉山。在江苏吴县西南。　　②五国之羞:指宋徽宗被金兵俘囚于五国城。参见前《板桥杂记》注。

十二。小雨。林若抚来①。不见经年,老而愈健,可喜也。登石浪亭。亭峙山腰,延青结碧;亭下翁濛蓬勃,草树塞阿,道横大石,仿佛虎丘然。而雄狐跳梁,山鬼塞产,虽揽薜荔以攀援,亦只窥烟液之所积矣。入光福寺,佛灯亭亭,一僧跃诵。叩之,吴江人,儒而释者,能为诗,其清顺可久之俦欤!

山雨夜来歇,蹉跎杖屦同。

数峰青未了,千丈碧还空。

萝磐野云外,花龛湖水东。

登台徒极目,双屐向支公②。

晓日笼烟阁,苔深众壑平。

金梧摇佛幌,银杏落钟声。

头白一庵老,灯青万派明。

吴江枫叶细,片片报诗成。

夏浅山无暑,孤光招我寻。
天留六代寺,客动五湖心。
香气林端集,经行世外深。
愁来浑闲事,终日愧登临。

由石泚沿林行,见崇山缛绿中,掩映红丸,辄腾跃攀条,摘
而啖之。若抚蹩躄走山麓,亦偃仰以登。余谓之曰:"上高岩
之峭岸,处雌蜺之标巅,七十老翁何所求耶?"若抚笑曰:"杨太
真一骑红尘,万里而进荔枝③。吾老矣,何遂不可千仞而摘杨
梅也。"至万峰禅院,台殿嵬峨,照曜金碧。遇姚文初④,同坐
还元阁。修篁千个,云色隐鲜,平畴远风,交于户牖。饭毕,谒
剖石和尚。和尚经论之余,颇涉世谛,而精猛之色见于眉间。
由西庑至四宜堂,两墀古桂数十株。茂叶参天,童童如宝幢华
盖,荫其下者,殆忘暑也。是夕,移酌大航。月涌波心,山烟缭
绕,笛声起于枉渚,渔歌出芰荷中。醉卧石梁,以天地为衿枕
矣。因语如须曰:"余龙潭之游艳,艳故宜于美人狂士,画舫朱
帘,洞箫羯鼓。然艳之极,则其流也荡。邓尉之游幽,幽故宜
于静侣名僧,疏灯冷磬,丰草长林。然幽之极,则其流也寂。
崦西之游旷,旷故宜于愁人野客,浪笛渔蓑,空烟澹月。然旷
之极,则其流也狂。是故艳之极不可以不幽,幽之余不可以不
旷。一游而备三善,谢康乐、宗少文何足道哉⑤!凡得诗五
首:

清壑泛遥夜,晨光于此回。
暂辞烟舫去,又唤笋舆来。
桑柘家家种,桐花处处开。

最怜芳草歇,鹈鸠向人哀。

一村鸡犬静,深树涌红亭。
钟磬连云白,琉璃隔水青。
帽檐冲佛火,屐齿破江星。
试问何年事,山门傍野坰。

老树空山得,高台贝叶繁。
平心参慧远,作意向深源。
茂竹云中筏,疏烟岭上村。
茶瓜留客罢,同扣法堂门。

殿阁压坤轴,湖山又觉低。
军持飞白乳,香积煮青泥。
麈捉石龛外,钟闻塔院西。
尘凡应尽隔,回首失征鼙。

涧转历危坂,淙流入古泉。
人从三伏到,僧以万峰传。
洗耳莲华界,灰心桂树边。
春来梅有信,报我倍凄然。

①林若抚:林云凤,字若抚,别号三素老人。江苏苏州人。工诗,天
启、崇祯间名于吴中。鼎革后,匿影田间。(《苏州府志》卷八十七)
②支公:支遁(314—366),字道林。俗姓关,河内林虑(今河南林县)人。
通《庄子》及《维摩经》等。世称支公,又称林公。后来以支公泛称高僧。

③杨太真:杨玉环(719—756),唐玄宗封为贵妃。原为寿王妃。入宫前为女道士,号太真。关于玉环啖荔枝,杜牧《过华清宫绝句三首》之一云:"长安回望绣成堆,山顶千门次第开。一骑红尘妃子笑,无人知是荔枝来。" ④姚文初:姚宗典,字文初。江苏苏州人。崇祯壬午中顺天乡试。入清,隐居山中。(《复社姓氏传略》卷二) ⑤宗少文:宗炳(375—443),字少文。南阳涅阳(今河南邓县)人。《宋书·宗炳传》记其好山水,爱远游,每游山水,往辄忘归。高祖辟为主簿,不起。问其故,曰:"栖邱饮谷,三十余年。"晚年画图卧游,参见前注。

十三。小雨。坐平圃小箕颍①,瞰湖如井。薛放翁来,遂酌桥岸,次韵赠平圃:

烟满湖天水满陂,酒船渔笠暂相随。

两山别辟高人径,五柳新编处士篱。

图画有时传浩荡,神仙原自爱幽奇。

洞庭青草知何往,花下聊倾金屈卮。

①箕颍:隐者之所居。《高士传》:"尧让天下于许由,由于是遁耕于中岳,颍水之阳,箕山之下。"

十四。小雨。玄初徐君嘉遁光福,刺船就访,盘薄浃肯。令子长民,温润秀特,涤发湖山。群从兄弟,斐然有文。结社宾朋,允谐入径。时搴芳蕙,日困香醪,上洞庭而下江,望长楸以叹息。昔嵇蕃与赵至书云:"将与足下结箕山于茅屋,侣范子于海滨。"夙抱兹怀,今焉遂毕。歌以咏志,踊跃若汤。

吴会扁舟下五湖,柴门终日闭潜夫。

桐花落地雪生榻,荷芰为衣香满厨。

六月江寒天意迥,万峰钟静客心孤。

夜来醉枕溪桥卧，白袜青靴入画图。

夜凉吹笛四山青，我友偕过春草亭。
留醉不惊游子梦，忘机长对少微星。
一船灯火侵红藕，万壑风涛涌翠屏。
乱后飘零难到此，主人临别更丁宁。

笠泽茫茫挂杖穷，亭台缥缈白云中。
欢辞投辖何知夜，归及征帆只避风。
下榻反因徐孺子①，采芝深愧夏黄公②。
多君好我殷勤甚，镇日高吟湖水空。

天下干戈此独闲，神仙眷属道人颜。
无衣恰借桥边草，有酒惟浇湖上山。
隐是陶潜书甲子③，愁同庾信老江关。
秋风一棹还相访，依旧冲寒到水湾。

①徐孺子：徐稺(97—168)，字孺子。江西南昌人。躬耕而食，不仕。《后汉书·徐稺传》："(陈)蕃在郡，不接宾客，唯稺来，特设一榻，去则悬之。"　②夏黄公：崔广，字少通。隐居夏里，故号夏黄公。汉初隐士，"商山四皓"之一。　③书甲子：《南史·陶潜传》："自以曾祖晋世宰辅，耻复屈身后代，自宋武帝王业渐隆，不肯复仕。所著文章，皆题其年月，义熙以前，明书晋氏年号，自永初以来，唯云甲子而已。"

十五。晴。理归楫，过尧峰①，与如须联句：
返棹是何处？茫茫震泽边②。

对山肤寸雨,怀圻岸一重烟。

锦缆沾衣涩,垓湘帘倚幌鲜。

树深迷废寺,怀泥涨拥新泉。

白蜃霾初绽,垓青莲萼似拳。

秧田轻作穗,怀瓜颗小为钱。

宗炳探奇日,垓郤诜策杖年③。

鸠啼双秃髻,怀龚馈两生肩。

粘鲤敲铖滑,垓烹蚕出箔圆。

橹声摇霹雳,怀花谱拣荪荃。

羽盖畦亭紫,垓缥囊草剩玄。

吴涛翻羯鼓,怀越垒压戎旃。

蝶粉虫阴蚀,垓宫香鼠璞穿。

岩留西子梦,怀春并阮郎还④。

艰大宁论旧,垓飞扬敢独先。

愁予因渺渺,怀念而最翩翩。

伏酒逢袁绍,垓丛芦忆伍员⑤。

南云通北粤,怀朔马躏幽燕。

望眼标铜柱,垓低头泣杜鹃。

霁虹摅远饮,怀乳鹊想高褰。

徐庶辞刘主⑥,垓周颙寄竺乾⑦。

饥寒长乞食,怀磊块寡当筵。

露润纤绨衬,垓莼柔细麦煎。

银丝葱拌脍,怀水榖茧抽绵。

妻子庞居士⑧,垓神仙谢自然⑨。

轸怀精埽且,怀涕泪弩惊天。

共有穷途恨,垓应参上乘禅。

晚蓬欹落照,_怀虚榻俟同眠。

浪簇江霞合,垓灯沉壁月悬。

忘归虾菜美,飘泊五湖船。_怀

薄暮,至横塘,风雨飚忽,电光绕船,船几没。舟人惶遽,将凌阳侯之泛滥[10],托彭咸之所居矣。先是,如须梦与蛇斗,朝而告予;予亦梦割瓜蒂掷地化为龙。及是,追忆昨梦,而随行老妪云:舟有捕鳝一斗。趣赎以金,投之中流,似有蛟螭陆离上下。须臾,风恬浪怡,星呈月露。异哉!作《暴风叹》:

弃故乡,涉远道,长波灌天白浩浩。

舟如叶,帆如草。旋转超忽,丰窿昼埽[11]。

雷霆错莫,虹蜺缭绕。路艰险,奈何使人老?

须臾蹇腾神灵雨,郁蜿蜒,憺缥缈。

南箕北斗相对照,颜色舒,冥冥以终保。

惆怅窃自叹,勿复道。

①尧峰:山名。在江苏吴县西南。　　②震泽:今江苏境内的太湖。　　③郤诜:字广基。晋济阴单父(今山东单县)人。博学多才,泰始中台为征东参军,累迁雍州刺史。　　④阮郎:指东汉阮肇。永平年间,肇与刘晨入天台山采药迷路,被仙女邀住半年。返回故里,已过七世。后世以此事制《阮郎归》词牌、曲牌。　　⑤伍员:伍子胥,春秋时楚国人。楚平王杀伍子胥父与兄,伍子胥逃往吴国。至江边,隐于芦岸边,遇渔者得渡。事见《越绝书》卷一。　　⑥"徐庶"句:《三国志·诸葛亮传》载:徐庶为蜀先主刘备所器重,并荐举诸葛亮。后曹操虏获徐母以要挟,徐庶不得已而辞别先主。　　⑦周颙:字彦伦。南朝宋时官剡令。入齐,官中书郎。长于佛理。竺乾:印度的别称。亦指佛。⑧"妻子"句:庞居士,也作庞公,庞德公。《后汉书·庞公传》:"庞公者,南郡襄阳人也。居岘山之南,未尝入城府。夫妻相敬如宾。荆州刺史

刘表数延诣,不能屈。……后遂携其妻子登鹿门山,因采药不返。"又
《襄阳记》:"司马德操尝诣德公,值其渡沔上先人墓。德操迳入其堂,呼
德公妻子,使速作黍。……其妻子皆罗拜堂下,奔走共设。" ⑨谢自
然:传说中的唐代女仙人。《集仙录》:"谢自然居果州南充县,年十四,
修道不食,筑室于金泉山。贞元十年十一月二十日辰时,白日升天,士
女数千人咸共瞻仰。" ⑩阳侯:本为阳国侯,因溺水而死,遂为波神。
屈原《哀郢》:"凌阳侯之泛滥兮,忽翱翔之焉薄。" ⑪丰隆:即丰隆,
传说中的云师。见《离骚》注。一说为雷神,见《淮南子·天文训》注。

　　十六。晴。作笺寄如须:

　　同舟以济,方郭、李之俱仙①;共枕而眠,拟庄、光之信
宿②。抽锋得句,陋彼弥明③;醧酒临风,拟斯孟德④。山阿桂
树,倩明月以留人;石沚兰荪,带寒潮而送客。我之怀矣,子好
游乎? 康乐孤屿之帆⑤,更偕妻子;靖节斜川之驾⑥,少挈宾
朋。虽旗鼓之相当,实盘匜之恐后。独是怪雨盲风,惊魂落
魄,幸免螭龙之腹,又充蚊蚋之肠。神物有神,不疾而速;痛定
思痛,如何可言! 以谢安石之冲襟,不能保其夷粹;即张茂先
之博物⑦,曷以辩此幽奇乎! 谢东君于东海,访西子于西湖,
时隔夏秋,路经吴越,聊复削牍,以代推袊。

　　①"同舟"二句:郭,郭太,字林宗;李,李膺。俱为东汉人。《后汉
书·郭太传》:"乃游于洛阳,始见河南尹李膺,膺大奇之,遂相友善,于
是名震京师。后归乡里,衣冠诸儒送至河上,车数千辆。林宗唯与李膺
同舟而济,众宾望之,以为神仙焉。" ②"共枕"二句:庄,严光,字子
陵。本姓庄,后人因避东汉明帝刘庄讳,改其姓。光,东汉光武帝刘秀。
二人少为同学,刘秀即位,待严十分友善。《后汉书·严光传》:"因共偃
卧,光以足加帝腹上。明日,太史奏客星犯御坐甚急。帝笑曰:'朕故人

严子陵共卧耳。'” ③“抽锋”二句：韩愈《石鼎联句诗序》云：衡山道士轩辕弥明，貌极丑，白须黑面，长颈而高结。与校书郎侯喜、进士刘衡联句作诗，二人初颇鄙视，然弥明文思敏捷，语含讥讽，令二人竭叹服。 ④“酾酒”二句：孟德，曹操，字孟德。苏轼《赤壁赋》：“舳舻千里，旌旗蔽空，酾酒临江，横槊赋诗，固一世之雄也。” ⑤“康乐”句：谢灵运有《登江中孤屿》诗，中云：“乱流趋正绝，孤屿媚中川。云日相辉映，空水共澄鲜。” ⑥“靖节”句：陶渊明有《游斜川》诗，其序云：“辛丑正月五日，天气澄和，风物闲美，与二三邻曲，同游斜川。” ⑦张茂先：张华，(232—300)字茂先。晋范阳方城(今河北固安)人。官司空，封广武县侯。后为赵王司马伦所杀。张华博学多闻，著有《博物志》。

十七。晴。坐听流阁，阅《升庵外记》①。升庵之病，博而不精；至以行书之刘德升为刘景升，以善歌之花卿为花敬定，则何其不考之甚也。不但升庵，古今沿习谬误甚多，如以扬雄之扬为杨，谢朓之朓为眺，鲍照之照为昭，祖士稚之稚为雅，张祜之祜为祐，千顷之陂为波，绕朝之策为鞭，沈约之老病为休文瘦，关壮缪之汉寿为寿亭。积瞀相传，贤者不免。嗟乎！岂独一升庵哉！

①《升庵外记》：明杨慎所著。

十八。晴。同公沂访王其长①，会沈石安、徐祯起绥祉小饮②。归寓，又诠误事：陶渊明，字元亮。入宋易名潜。今称渊明先生矣。何仲言未至扬州，今以梅花官阁归何逊矣。陆修静不与远公同时，今传过虎溪三笑图矣。李太白死当涂，族人李阳冰葬之，今谬用骑鲸捉月矣。谢安石赌墅与张玄围棋，今以为谢玄矣。徐夫人匕首，男子也，疑为妇人。陆令萱擅

权,妇人也,疑为男子。惊帆,马名也,诗人用于舟船。风筝,
橹铁也,文士注曰乐器。如此种类未易更。仆暇当辑成一书,
以质闳览博物君子。

①王其长:王发,余怀好友。注见前。 ②徐禛起:徐晟,字禛
起,一字损之。江苏吴县人。博学工诗文。入清,弃诸生,从父徐树丕
隐居,授徒养亲垂四十年。(《苏州府志》卷八十八)

十九。大风雨。移舟陆墓。作拟古诗:
《折杨柳歌辞》:
不采芙蓉花,乃折杨柳枝。
侬出门前望,欢来定何时?

侬有锦绣段,为欢裁作衣。
上刺双鸳鸯,下写长相思。

侬作博山炉①,郎骑青骢马。
郎今懊恼侬,到门未肯下。

杨柳复杨柳,青青垂帘色。
北斗虽阑干,声音何当绝。

我有玭瑁簪,远道欲寄将。
闻郎在西洲,中心以彷徨。

凤皇从东来,飞向庭前息。

举翼向侬鸣,为侬写胸肛。

昔为形与影,今为参与商。
卷起真珠帘,欲见明月光。

明月照蘼芜,浮云翳薛荔。
郎自不知侬,玉阶双泪滴。

《采莲曲》:
莲叶何田田,结根水中央。
芬芳本不乏,华实自相当。

吴姬年十五,绣裆札两结。
采莲不用舟,采莲不用楫。

岸上游冶郎,是侬夙所钦。
投郎莲蓬子,与郎结同心。

清波回曲池,离离长新苗。
郎是宋子侯②,妾是董娇娆。

江南可采莲,莲叶何田田。
面迎帝子渚,背上美人船。

妾居湖水北,终日漾清波。
郎居湖水南,水深奈郎何。

荷花红似锦,菏叶大如盖。

常恐秋风生,过时而不采。

莲开有时尽,妾心渠未央,

采采斜阳归,莫去泛横塘。

①博山垆:古香炉名。《西京杂记》载,长安巧工丁缓作九层博山香炉,镂为奇禽怪兽,皆能自然运动。垆通炉。　②宋子侯:东汉人,生平不可考。所作诗名《董娇娆》,伤感女子命不如花。